長編推理小説

西《にし》村《むら》京《きょう》太《た》郎《ろう》

十津川《とつがわ》警部《けいぶ》 長崎《ながさき》 路面《ろめん》電車《でんしゃ》と坂本龍馬《さかもとりょうま》

NON NOVEL

祥伝社

目次

カバー装幀　三潮社／上野 匠
カバー写真　samourai, Skylight／PIXTA
地図作成　三潮社

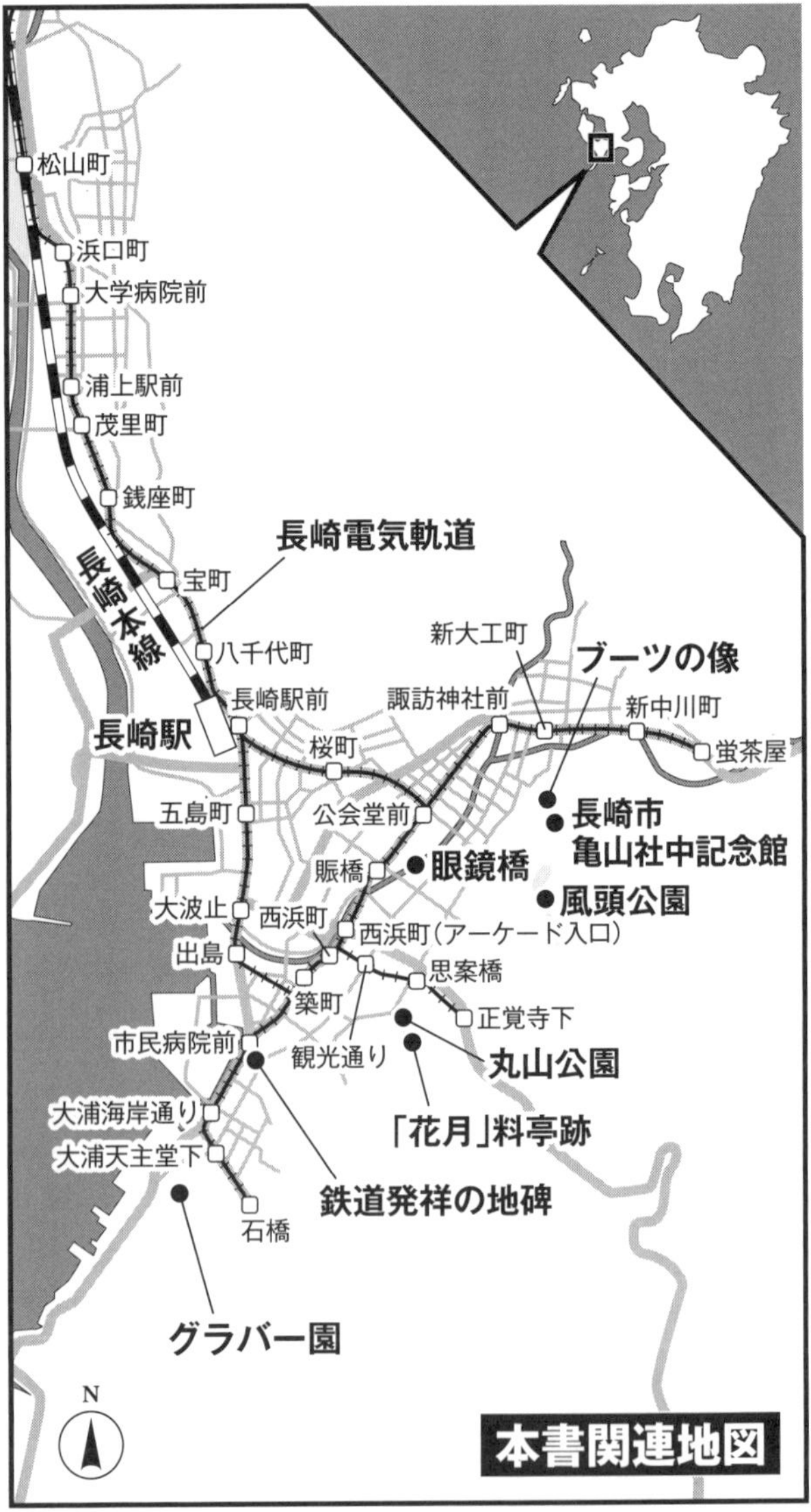

※停留場名は著者取材時のものです。

第一章　長崎《ながさき》にて

1

社長の佐々《ささ》木明《きあきら》が、神山《かみやま》たち社員を見回して、

「松本《まつもと》君から、君たちには連絡がないか？」

と、きいた。社員たち、といっても神山を含めて、ここにいる男が三人、女が一人、そして今、社長がいった松本信也《しんや》を含めた、社員五人の会社である。

会社は名前を「リサーチジャパン」という。要するに、日本国内の場所、会社、あるいは個人について、調べてほしいという要求があれば期限内にリサーチし、それを報告書にまとめて客に渡す。いってみれば特殊な興信所、としたほうがいいだろう。

今、社長がいった松本君というのは、会社のエースといったらいいかもしれない。神山と同じ三〇代である。

彼がエースだといわれる理由は、そのリサーチ能力の他に、文章の上手《うま》さがあった。

たとえば、有名雑誌から今年の熱海《あたみ》の様子を調べてくれといわれれば、松本はただ調べるだけではなくて、原稿に、感心するような上手な文章を書き、写真を添《そ》え、そのまま雑誌社が、

雑誌に載《の》せられるような探訪記に仕上げてみせるのである。

今回、その松本信也が調べに行っているのは、九州の長崎《ながさき》だった。依頼主は、有名な旅行雑誌で、それも漫然とした長崎紀行ではなくて、優先的に調べてほしいという項目があった。

第一が、長崎市内を走る「長崎電気軌道《きどう》」、いわゆる、昔でいえば市電である。

第二が、長崎と坂本龍馬《さかもとりようま》の関係。

そして第三が、グラバー邸とグラバー。この三項目である。期限は三月五日から三月一一日までの七日間。今年のゴールデンウイークに合わせて、雑誌を飾《かざ》る記事にしたいので、読者に受ける原稿と写真を頼む。そういう依頼だった。

そこで、リサーチジャパンでは、エースの松本信也を、派遣したのだが、社長によれば、三月五日と六日には、松本から原稿がメールで送られて来たものの、昨日《きのう》の七日は一枚の原稿も送られて来ない。そのうえ、松本が泊まっているはずの長崎のホテルと連絡を取り合ったが、ホテル側から、七日の朝、外出したまま帰っていないという返事が来たというのである。

取材と写真の期日は、三月一一日までと限定されているのに、松本と連絡が取れないのは会社にとって心配である。そこで社長が、

「君が、すぐ長崎に行って、松本君を捜《さが》してくれ」

と神山に指示した。とりあえず一〇万円の現

金を渡され、尻を叩《たた》かれるようにして、三月八日、ANAで長崎空港に向かった。

神山は、搭乗を待つ間、また飛行機に乗ってからも、三月五日と六日の二日間に長崎から送られて来た、松本信也の原稿に目を通した。

「今回、長崎の町を走っている市街電車、正確には『長崎電気軌道』について調べてほしいと依頼された時、現在の東京でもそうだが、市街電車は廃止されているところが多いことを考えた。

今、都市の中を縦横《じゅうおう》に走り回っている移動手段は、タクシーとバス、それから地下鉄だといわれている。しかし、今回の長崎行きを前にして、現代の都市交通について調べてみると、逆に新しい交通手段として考えられているのが、昔の市電、現在はＬＲＴ（次世代路面電車システム）とでもいうのだろうか、そうした路面電車だといわれていることがわかってきた。

これまで、路面電車はスピードが遅いし、自動車、あるいはバスの邪魔になると考えられて、少しずつ廃止に向かっていたのだが、その自動車が飽和《ほうわ》状態になって身動きが取れなくなっているのである。そんな、行き詰まった都市交通の新しい手段として、ＬＲＴに着目する意見があり、ヨーロッパ、特に北欧でＬＲＴが導入され、多くの都市でバスやタクシーに代わって走っているという。

日本でも、ここにきて、多くの都市がこの路面電車に眼を向けつつある。現在、ＬＲＴが走っている町は、札幌《さっぽろ》・函館《はこだて》・富山《とやま》・大阪《おおさか》・岡山《おかやま》・広島《ひろしま》・松山《まつやま》・長崎・鹿児島《かごしま》の九都市である、と、手元にある、少し前の資料には書かれている。東京でも一路線だけ、路面電車が残っているが、どうやら路面を走る区間が短く、路面電車が走っている街とはいえないらしい。いいかえれば、後《おく》れを取っているのだ。

特に、私が面白いと思ったのは、路面電車の車両の多さからいうと、一位は広島であり、二位は長崎になっていることだった。

これは、面白い数字だった。なぜなら広島も長崎も、原爆の被害を受けた街だからである。その街がどうして路面電車の車両数が日本で一位と二位になっているのか？

一位の広島の路面電車の営業キロ数は、一九・〇キロ。そして、車両数が一三〇両であり、二位の長崎の営業キロ数は、一一・五キロ。車両の保有数は七五両である。

保有車両数が、一位の広島と二位の長崎は、他の都市に比《くら》べて、ダントツに多いのだ。

なぜ、原爆の被害を受けた二つの都市には路面電車が多いのか。広島も長崎も、原爆の投下によって市内の交通手段がほとんどゼロになってしまった。その中で、広島では、原爆投下の三日後、わずかに残った三両の市街電車が走り出した。広島の市民は、その市街電車を見て復興の気持ちをかきたてられたといわれており、長崎についていえば、ほとんど全《すべ》ての設備が原爆の影響によって破壊されてしまったが、終戦の年の一一月二五日には、路面電車によって、市内の交通が回復したのである。

つまり、これほど、早く、この二つの都市の市内の交通手段が路面電車によって復活したこと。そうした歴史があって、現在も路面電車の活用の一、二を争う都市になっているに違いないと、私は思った。

私は、今回、久しぶりに長崎に行くことになった。まず長崎空港で降り、長崎駅に行ってみると、東京では見たことのないスマートな路面電車の姿に一驚《いっきょう》した。

路面電車といえば東京の一画を走っている、いわゆる都電という形でしか、私は、見たことがないのだが、今や路面電車の主力は、昔風のいかつい市街電車ではなくて、路上をなめるように走る低床連接車両と呼ばれるスマートなものなのである。考えてみると、市内を走る電車の場合、停留所は高くても、せいぜい三〇センチの高さしかない。電車の乗降口が、従来の路面電車の高さでは乗り降りしにくいし、車椅子はなおさらである。それに対して、新しいLRTは、低い停留所の高さに合わせて、同じ高さになるように、床が設計されている。

老人や子供が乗る時に、飛び上がるようにして乗る必要はないのだ。いわゆるバリアフリーで、老人、子供はもちろん、車椅子に乗った身障者も、停留所と車両の床の高さが同じなので、そのまま苦労せずに、乗れるようになっている。

まだ、低床式の車両の比率は低いが、たぶんそのうちに全て、この低床連接車両にとって代わるだろう。

広島の場合は、こうした新しい車両をまずドイツから輸入し、やがて、日本国内でも同じ低床車両を製造し始めているが、長崎では、最初から、国産の低床車両が造られたというので、私は、その車両に乗ってみたが、とにかく快適である。

広島の場合は五両編成だが、長崎は三両編成である。一両の長さは、昔の市電に比べれば、はるかに短く、そのためカーブを切る時もスムーズに曲がっていく。もちろん、都市の中を三両編成の路面電車が走るのだから、形としては自動車の邪魔になる。といって、そのまま自動車やバスを走らせていたのでは、都市の交通は渋滞し、時には麻痺《まひ》してしまう。そこで、路面電車を走らせている道路では、法律で、『路面電車の軌道内に車は入らないようにする』、『優先権は路面電車にある』とされている。

そのため、路面電車の運転は、昔に比べればはるかに簡単であり、乗っている客にとってもスムーズに走る静かな路面電車は、新しい感覚の交通手段になっている。

その他、長崎の場合は、四つの特性があるといわれているのでそれを並べてみる。

一．日本初の車体全面広告
二．日本で初めて商業ビルの中を走った
三．日本一安い料金　全線一二〇円である
四．新しい路面電車が走っているが、同時に日本一古い木造の電車も共存している。

これは明治四四年の製造である

長崎の路面電車の歴史、これは前にも書いたが、昭和二〇年八月九日の原爆投下で全線が不通になり、一六両の車両が焼失し、職員一二〇人が死亡している。ほとんどゼロになってしまったのだ。

そこから三カ月後の、昭和二〇年一一月二五日。長崎駅前から蛍茶屋《ほたるぢゃや》間の運転が再開した。

現在、超低床式の電車、国産で三〇〇〇形と、五〇〇〇形といわれる電車が走り、市民に喜ばれている。正式な名称は、『長崎電気軌道』というのだが、通称は『電鉄』、あるいは『長崎電鉄』、あるいはただ単に『電車』と呼ばれている。つまり、長崎市民にとって電車と呼ばれるのは、この路面電車のことなのだ。

そして、一番市民が喜んでいると思うのはたぶん、どこまで乗っても一二〇円という安さだろう。

この日本初や、日本一といわれている四項目について、一つずつ私の感想を書いておく。

一番の、日本初の車体全面広告。これはとにかく長崎に来て路面電車に乗れば、簡単にわかる。

二番の商業ビル内の走行というのも、普通路面電車がビルの中を走っていくというと、そこは路面電車の本社、あるいは駅ビルのような、関連のビルということが多いが、長崎の場合はまったく違った業種のビルの中を、トンネルを走るように、路面電車が走っているのである。

東京でも、ビルの中を走るようになれば、同じ光景が生まれるだろう。

日本一安い料金一二〇円は、一律の値段というのが嬉《うれ》しい。料金をどんなふうに払うかについては、車両の長さが三両編成になり、五両編成になっていくと、料金をどこで払ったらいいのかが問題になってくる。

乗る場合はどの車両から乗っても構わないが、降りる場合は先頭の車両まで行って、料金を払ってから降りるというかたちが、日本の路面電車には多いが、長崎では、全て一二〇円だから、どの車両からも降りられて、他の都市のものに比べてはるかに払いやすくすることも、これからはできる。

私は低床式の新車両を見てすっかりファンになり、一日券五〇〇円を買って三月五日と六日、この路面電車を乗り回した」

この路面電車、長崎電鉄の写真も会社のほうに何十枚も送られて来ていて、その写真も、神山は、自分のカメラに入れていた。確かに、松本が気に入ったという、低床式の新しい五〇〇〇形、三両編成の路面電車は、スマートである。

これから長崎に着いたら、まずこの低床式の新車両に、乗ってみようと、神山は考えていた。そうすることで、突然連絡が取れなくなった松本の行き先の、だいたいの想像がつくと思ったからである。松本は他にも、この長崎電鉄についての原稿を送って来ていた。

「長崎電鉄を運営しているのは、長崎電気軌道株式会社で、以前はバス路線も運営していたが、こちらのほうは赤字が続いたので手離し、現在は長崎電鉄だけ経営している。従業員数は二四〇人。大正三年（一九一四）に会社が設立されていて、それ以来、市電と呼ばれる路面電車の運行にあたっている。

路線は五系統。ほとんどの市街地をカバーしていて、市内観光をするとしたら、この路面電車、長崎電鉄を利用するのが一番簡単でもあり、安くもある。特に、料金一律一二〇円というのは、九年間も続けており、そのため市民の足となっている。

現在、私が泊まっているKホテルも、長崎電鉄の停留所から歩いて五分のところにあるホテルである」

2

そこで神山は、まず、同じKホテルにチェックインすることにした。

フロントできいてみると、松本が三月五日にこのホテルに泊まり、一〇日の宿泊までの部屋代を先払いしていた。

「そこで、松本様がお泊まりになった部屋は、今も、他に貸さず確保しております」

と、フロントが、いった。

「ところが、七日からいなくなったんですね？」

と、神山が、きいた。

「昨日、七日の朝に、それまでと同じように、朝食をホテル内でお取りになって、外出されたんですが、お帰りにならなかったんです。必ず帰ると、おっしゃっていたので、松本様の働いている東京の会社と連絡を取り合ったのですが、そちらにもお帰りになっていない。そこで、警察に届けようかと思ったのですが、会社の社長さんが、うちの社員を、そちらに送って調べるからとおっしゃったので、警察にはまだ、知らせておりません」

と、フロント係がいった。

神山は松本が泊まっていた部屋に案内してもらった。シングルルームで、窓から大通りが見え、ビル群も見える。つまり長崎市のど真ん中にあるホテルである。

神山は、その部屋に当然あるべき物が見つからないのに気が付いた。松本は、取材の道具として、カメラとノートパソコンを持って今回の取材に出かけているはずなのだが、この二つが部屋のどこにも見当たらないのである。三月七日の朝食の後、カメラとノートパソコンを持って出かけたに違いない。

「七日に出かける時、何かいっていませんでしたか？」

と、神山は、きいた。

「松本様は、この部屋で三月五日と六日を過ごされたのですが、七日の朝に出かける時、ひょっとするとツインの部屋に替えるかもしれないから、夕方帰るまでにツインの部屋を用意しておいてくれ。そう、いわれました」

と、フロント係が、いうのである。

「理由はいいましたか？」

「いえ、何もおっしゃらないので、どうしてですかとお聞きしたところ、シングルルームは少し狭くて息苦しいから、とおっしゃいました。ただ、笑っていらっしゃいましたから、他の理由かもしれません」

と、フロント係がいった。その顔が笑っていたから、たぶん松本が女性でも連れて来るのではないか、そんなふうにフロント係は勘《かん》ぐったのだろう。

しかし、松本は一年前に結婚したばかりである。

もし、松本が女性をここに呼ぶとしたら、新婚間もない奥さんを呼ぶのではないか。しかし、マンション住まいの妻、みどりに電話できいたところ、松本からは五日、六日には連絡があったが、七日からは、連絡がないという。松本が会社にも妻にも行き先を告げずに消えてしまったのである。

神山は、とにかく、ホテルできいたことを東京の佐々木社長に報告した。

「これから一応、長崎警察署に行って、様子をきいてみようと思っています。正式に捜索願を出しましょうか？」

と、神山は、最後にきいた。

「それはまだ、出さないほうがいい。ひょっとすると、取材で何かあって、こちらに連絡せずにいるのかもしれないからね」

と、佐々木社長が、いった。

ホテルでの夕食の後、神山がこれも長崎電鉄を使って、長崎警察署に行くことにした。ホテル前の、停留所から、低床式の五〇〇〇形をわざわざ待って、乗り込んだ。松本が原稿の中で、しきりにこの五〇〇〇形の車両を絶賛していたからである。

彼は原稿の中で、長崎電鉄についてこんなふうにも書いていた。


「現在、日本の大都市では、車社会の発展が、交通の渋滞と、車からの排気ガス問題を、作り出したといわれている。それを解決する方法の一つが、路面電車の復活、それも進歩的な復活である。私は長崎に来て、つくづく、それを感じた」


神山は、低床式五〇〇〇形の車両で、長崎警察署に向かった。この三両編成の五〇〇〇形は、よく見ないと気が付かないが、前後の車両には台車が付いているのに、真ん中の車両には台車が付いていないのである。つまり、前後の車両に真ん中の車両がぶら下がっている感じなのだ。

松本によると、こうした方式は曲がりやすいというし、低床式に向いていると書いていた。彼も三両編成の真ん中の車両に車輪が付いていないということが面白かったのだろう。

長崎警察署では、神山は、名刺を出して正直に同僚の松本の消息が消えてしまったことについて、話した。

「松本は、七日の朝食をホテルで済ませてから取材に出かけているんです。ところが同じ七日の夕刻になっても帰りませんでしたし、連絡も取れなくなりました。七日に何か、長崎市内で事件がありませんでしたか？」

「いや、これといった事件は、起きていません。一つだけ、交通事故がありまして。乗用車が、自転車に乗った老人をはねました。はねたといっても、接触なんですが。老人は病院に運ばれましたが軽傷で、手当てを受けてすぐ帰宅しています。はねたほうは市内のサラリーマンで、軽自動車に乗って、仕事先を回っていたそうで、名前も住所もわかっています」

「同僚の松本は、長崎電鉄を使って市内の取材に回っていたと思うのですが、長崎電鉄の車内で何か事件が起きたということはありませんか？」

「それは、全く報告されていませんね。したがって、長崎電鉄の車内で事件が起きたということはないと思います」

と、対応した刑事が、いった。

最後に刑事が、

「捜索願は出されますか？」

と、きいたので、神山が、

「取材で忙しくて、連絡が取れないのかもしれませんから、しばらくは、こちらで、何とか連絡を取ってみます」

と、いって、警察署を後にした。

今回の取材については、グラバー邸も取材対象の中に入っているので、神山は長崎警察署の次に、グラバー邸に行ってみることにした。それに、肝心《かんじん》の松本は連絡が取れなくなってしまったが、今回頼まれた仕事は料金を先払いしてもらっているので、松本が見つからなくても、取材の報告書は、客に一一日までに渡さなければならないのである。

そこで今回、神山は社長から、松本を捜し出すこと以外に、客から依頼された三つの取材も、代わって、すませるよう指示を受けていた。その取材は長崎電鉄の他、グラバーのこと、そして長崎と坂本龍馬との関係である。

3

神山は、長崎のことも、グラバー邸のことも本で読んだことはあるが、実際にグラバー邸を訪ねるのは初めてだった。グラバー邸のあるグラバー園は長崎市内の高台にある。グラバー園までは二つのエレベーターが付いているが、一つめは日本では珍しい斜行のエレベーターで、斜めに昇って行き、垂直のエレベーターに乗り換《か》えて、グラバー園の門に辿《たど》り着くのである。グラバー邸が世界遺産になったのは二〇一五年だった。

グラバー邸についての原稿は、松本からまだ送られて来ていなかった。とすると、五日、六日で長崎電鉄の取材を終え、七日はグラバー邸に来ていたのだろうか。ひとまずエレベーターを乗り継いで、まず第二ゲートからグラバー園に入った。

とにかく園内は広い。そのため、動く歩道が設置されていた。グラバー園といっても、世界遺産の旧グラバー邸はこの一部で、他にも園内には、明治時代の水道の共用栓があったり、旧三菱《みつびし》第二ドックハウスというのもある。これは、長崎に寄港した船の船員たちが、船を修理している間、泊まった施設である。園内には、他の外国人が住んでいた住宅も移築されていて、それらに一つずつ旧オルト邸、旧リンガー邸など名前が示されていた。

これだけ広ければ、歩いて回るのは疲れるので、動く歩道が、作られたのだろう。神山も、歩き疲れて、旧自由邸と呼ばれるカフェに入り、そこでコーヒーを頼んでから、ウエイトレスに松本の写真を見てもらった。

「この人がここに来たことはありませんか?」

と、きくと、ウェイトレスは首を横に振った。松本はここに来ていてもウェイトレスのほうが覚えていないのか、それともここには来ていないのかの判断は、つきかねた。

園内には他にもオープンカフェがある。グラバーカフェである。三浦環《みうらたまき》というオペラ歌手の銅像の前にあるカフェだった。ここでも神山は働いている人たちに、松本信也の写真を見せてきいてみたが、やはり、神山が欲しい反応はなかった。

グラバーのフルネームは、トーマス・ブレーク・グラバー。スコットランド出身。日本が安政《あんせい》年間（一八五五～六〇）に長崎を開港すると同時にやって来て、グラバー商会を設立した。商人であると同時に、日本の近代化にも貢献している。

幕末から明治維新にあたって、グラバーは長州《ちょうしゅう》藩の伊藤博文《いとうひろぶみ》や、薩摩《さつま》藩の五代友厚《ごだいともあつ》たちを、イギリスに勉強のため、留学させたり、武器の売り付けも図《はか》り、薩長《さっちょう》の藩士が幕府を倒す原動力にもなっている。

その他、グラバー邸の周辺には外国人が住んでいた家や会社があって、彼らの名前も、ここに来れば、何をしたか、わかるようになっていた。ウィリアム・ジョン・オルトは、イングランド出身で、長崎に住み、日本茶を世界に向けて販売した。フレデリック・リンガーも、イングランド出身。長崎に有名なナガサキホテルを造り、指導することに努力した実業家。他には、ロバート・ニール・ウォーカー・ジュニアという、親日家として有名な日系二世がいて、日本に帰化すると、ロバート・ウォーカーをわざわざ日本流に「ウォーカー　ロバート」と書き直している。

それ以上に、神山が興味を感じたのは、グラバーの子供のことである。グラバーは日本人と結婚して、男女一人ずつの子供をもうけている。特に、長男の倉場富三郎《くらばとみさぶろう》は、父親グラバーの後を継いで、日本の近代化に尽力したが、太平洋戦争が始まると、その容貌《ようぼう》からスパイの嫌疑をかけられたこともあり、戦後になって、突然、自殺しているのだ。長男の倉場富三郎の自殺によって、グラバーの家系は絶えてしまったことになっている。

なぜ、長男の倉場富三郎は、戦後一九四五年に、突然、自殺してしまったのか。もし、松本がこのことを知れば、たぶん興味を感じて、色々と調べていたのではないだろうか。

その他、神山が、グラバーについて興味を持ったのは、現在のキリンビールの前身の会社を作り、その社長になっていること。もう一つは、グラバーが日本における鉄道の創始者と呼ばれていることだった。列車にも興味がある神山は、日本の鉄道の始まりは新橋《しんばし》〜横浜《よこはま》間に列車が走った時と覚えていたが、グラバー園に来て、長崎が「我が国鉄道発祥《はっしょう》の地」と聞いて、びっくりした。その記念碑が、市民病院前の停留所に作られていると聞いて、グラバー園の帰りに寄ってみた。そこには問違いなく、記念碑が建っていた。「我が国鉄道発祥の地跡」と書かれていて、次のような説明があった。

「慶応《けいおう》元年（一八六五）、英国人貿易商トーマス・グラバーは、日本で初めて英国製の蒸気機関車アイアン・デューク（鉄の公爵）号をここから松ヶ枝橋《まつがえばし》の方向にレールを敷いて走らせた。集まった人々は、驚きの声を上げて見物した。この試走は、日本近代化の牽引車《りんいんしゃ》になった」

この碑には、現代らしくハングルと中国語が併記《へいき》されていた。ＳＬの絵も描かれていたが、これは想像で描いた絵で、この時走ったＳＬとは関係ないらしい。

この時走った距離は、わずか六〇〇メートルといわれるが、この蒸気機関車を見たという人も、乗ったという人もいるというから間違いないだろう。ただし、この時は、グラバーのデモンストレーションで、乗客から料金を取って乗せたわけではない。したがって、日本の鉄道事業の始まりは新橋〜横浜間になってしまうのかもしれない。

神山は、グラバー園内のカフェと鉄道発祥の地の近くのレストランで、ノートパソコンを簡単に打ってから、Ｋホテルに戻った。するとフロント係が、

「申し訳ありません。忘れていたことがありました」

と、神山に、いった。

「それは、松本の件に関係ありますか？」

と、きくと、

「そうなんです。お客様は、三月七日の朝、外出される時にこれを渡されましてね。切手を貼《は》って投函《とうかん》しておいてくれといわれたんですが、忙しくて、切らした切手を買いに行く暇《ひま》がなくて出し忘れてしまっておりました」

フロント係に、封筒を渡された。差出人のところには、「長崎にて　松本信也」とボールペンで書かれていたが、表の宛先《あてさき》は会社で、彼自身、松本信也の名前になっていた。

調べてみると、中に入っていたのはカメラに挿入《そうにゅう》するメモリーカードだった。そのカード一枚で、二〇〇〇枚写真を撮影できるはずだと聞いたことがある。それなのに長崎の取材に来て、二日でそのカードは一杯になってしまったのか。

神山は一応、東京の佐々木社長に、カードのことを報告した。すると、

「そこに何が写してあるのか知りたいね。そうすれば、松本君が失踪した理由もわかるかもしれない」

という言葉が返ってきた。神山はそれを東京の佐々木社長に送る前に、何が写っているのか知りたくなって、自分のカメラに挿入し、一枚ずつ画面に映していった。

「あれ？」

と、神山が首を捻《ひね》ったのは、そのカード一枚で、二〇〇〇枚の写真が撮れるといわれていたからである。したがって、今回の長崎の取材以前にも写した写真があって、それでカードが一杯になってしまったのだろう。そう思って、自分のカメラに装塡《そうてん》して映してみたのだが、最初に映っていたのは長崎空港だった。そのあとは長崎電鉄の写真である。

長崎電鉄に乗りながら、長崎市内を写している。途中の停留所で降りては、周辺の写真を撮っている。Kホテルの写真もあれば、長崎警察署の写真もある。その他、眼鏡橋《めがねばし》が写っていたり、長崎の二十六聖人像の写真も出てきた。

しかし、そこに映っていたのはそれだけだっ

た。神山は再度、首を捻ってしまった。カードの中に、入っていた写真は一二〇枚だった。最大で二〇〇〇枚の写真が、そのカードには、収めることができたはずである。それなのになぜ、三月五日、六日の二日間だけの写真を収めたカードを、東京に送ろうとしていたのだろうか。それがわからないのだ。

これを封筒に入れて会社に送ってもらうことをフロントに頼んだ後、たぶん松本は新しいカードを自分のカメラに挿入したはずである。彼は、カードに入っていた一二〇枚の写真をすぐ東京に送った。なぜそんなことをしたのか？

神山は松本と同じ三二歳。中途採用の同期で、現在の会社に入っている。そのためかいつも二人は比較されてきた。多くの場合、神山は松本信也に負けてしまうのだが、負けながらも神山は、松本の才能に敬意を払っていた。文章がうまい他に、目の付けどころが面白いのだ。そこを神山が尊敬し、同時に脅威を感じていた。そのため、二日間で松本が撮った写真を社長に黙《だま》って自分のカメラに収めた。もう一度ゆっくりと見てみたかったのだ。

元の封筒に入れて、フロントに頼んで、会社に送ってもらった後、送った旨《むね》を東京の佐々木社長に伝えた。

「問題のカードですが、写っていたのは一二〇枚の写真で、三月五日と六日の二日間、取材対象の長崎電鉄、その中には、低床式電車五〇〇〇形の写真もありました。市内のいわゆる名所旧跡といわれる場所の写真もありましたが、三月七日以後の写真はありません。たった今、問題のカードを、送りましたから、明日には、会社に着くと思います」

と、神山が、話すと、

「今回の仕事では、長崎電鉄の他にグラバーと、坂本龍馬と長崎の関係の全部で三つの取材を頼まれているから、七日にはグラバー邸に行ったか、あるいは、長崎市内に残っている坂本龍馬の足跡《そくせき》を探しに行ったんだと思う。君は長崎に残って、その二つを調べてくれ。そのどちらかに松本君が行っているはずだから。もし、松本君が見つからなくても、一一日までに、代わりに原稿を書いてくれないか」

と、社長が、いった。

4

翌日、神山は、長崎市内で坂本龍馬の足跡を探すことにした。もちろん、松本がどこに行ったかを調べるのも大事だが、今回の仕事で要求された三つのこと、その一つとして、長崎と坂本龍馬の関係を調べて報告することも必要だったからである。

長崎といえば、坂本龍馬が作った亀山社中《かめやましゃちゅう》が生まれたところである。亀山社中はその後、海援隊《かいえんたい》となって明治維新の原動力の一つとなっていくのだが、神山がまず訪ねたのは、亀山社中があった場所と坂本龍馬の記念館である。長崎市内には、坂本龍馬の銅像が七カ所に建っている。といっても、龍馬本人の銅像は六カ所で、七カ所目は龍馬がよく履《は》いていた革製《かわ》のブーツ、そのブーツだけの銅像が置かれている場所だった。

神山は最初に、一番大きいといわれている銅像を見に、風頭《かざがしら》公園に登ってみた。そこの標高一五一・九メートルの頂上には展望台があり、腕を組んだ坂本龍馬の銅像が、建っていた。腕を組み、虚空《こくう》を睨《にら》んでいるような、力強い龍馬の像だった。その展望台に立ってみると、長崎市内が一望できる。三月七日、松本はここに来たのかもしれない。もし、来たとすれば、日本を見下ろしている龍馬の目に、日本の未来が映っていたのではないか。そんな文章を書いたかもしれない。

次に行ったのは、丸山《まるやま》公園。そして三番目は、眼鏡橋の近くに建つ龍馬の像である。四番目は市内の龍馬通りの途中に置かれている銅像だが、こちらは小さい。最後は、龍馬の革製のブーツだけの銅像だった。ここに置かれているブーツは、長さが六〇センチと大きいので、いやでもブーツだけの飾りは、人目を引くだろう。

龍馬の写真、そこに写っている龍馬は、着物姿なのになぜか革製のブーツを履いている。それが誰でも気になるから、このブーツは明らかに、それを考えて像にしたものだろう。神山が興味を覚えたのは、腕を組んだ龍馬の銅像と組んでいない龍馬の銅像である。長崎市内には、六基の銅像があるのだが、そのうちの半分は腕を組んでいない。つまり、虚空を睨んでいる戦闘的な龍馬の銅像は、半分だけだということである。その他の銅像は、穏《おだ》やかな顔をしていた。

次に、神山が、足を運んだのは龍馬たち勤皇《きんのう》の志士たちがよく遊んだという、「花月《かげつ》」という料亭の跡だった。ここで龍馬は、亀山社中の連中と酒を飲み、維新を語らい、時にはグラバーや他の外国人商人たちと、新しい武器の輸入について、話し合ったのかもしれない。

ふと、神山は本で読んだ二・二六事件のことを考えた。当時、昭和維新と呼ばれる革命を、若い陸軍や海軍の将校たちは語り合っていたわけだが、その時になぜか若い将校たちが、龍馬と同じように料亭に集まって酒を飲みながら、美女をはべらせ、議論していたといわれている。革命を語る時、料亭に集まり、酒を飲み交わすのは日本の若者たちの癖《くせ》、なのだろうか。革命を論じる時、酒と美女が必要なのだろうか。

この日も神山は、長崎市内の、レストランで食事し、カフェでコーヒーを飲んだ。その時も絶えず、松本信也の写真を見せて、聞いて回っている。しかし、なかなか、松本を見たという人間は現われなかった。何しろ、松本は長身である。それも、一七〇センチ台ではなくて一九二センチの長身だから、長崎市内で彼を見たという声が聞かれるのではないかと思ったのだが、なかなか目撃者は見つからない。

その日の夕方になって、やっと松本信也を見たという女性に会うことができた。長崎市内の有名な眼鏡橋、その袂《たもと》のところにあるカフェで、そこのママが松本と思われる男を見たというたのである。

眼鏡橋は、誰でも知っている橋である。日本三大名橋の一つとして、必ず写真が出る橋である。造られたのは寛永《かんえい》一一年（一六三四）、中島《なかしま》川に架《か》けられた橋で、日本最初の石造りのアーチ橋といわれている。その近くに、袋橋《ふくろばし》というのがあるのだが、その袂に建っているのが坂本龍馬の銅像である。その眼鏡橋の近くにあるカフェでコーヒーを飲んだ時、ママが神山の見せた写真に、反応を示してくれたのだ。

「確か、六日の夜遅くだと思います。望遠レンズ付きの大きなカメラを持った人が、一生懸命に写真を撮っていたんです」

と、いう。

「六日の夜ですか？」

ちょっと意外な気がしてきき返した。

「ええ。夜の一〇時頃まで、あの辺《あた》りがライトアップされるんですよ。有名な観光名所ですから。だから夜遅くなっても、観光客が集まるんですけど、背の高い人が、一生懸命にその写真を撮っていました。それがたぶん、この写真の人だと思います」

と、ママが、説明してくれた。

「三月六日の夜、何時頃ですか」

「確か、九時すぎだと思います」

「その時、その男は眼鏡橋に集まっている観光客を撮っていたんですね？」

「そうですよ。眼鏡橋は重要文化財になっていますから、それで写真を撮っていらっしゃったんだと思いますけど」

と、いう。

「九時頃から、どのくらいいたんですか？」

「三〇分近くはいらっしゃったような気がしますね。ずいぶん熱心だなと思って、時々、眼鏡橋の方を見ていたんですけど、ずっと写真を撮っていらっしゃいましたから」

と、ママがいった。神山はあわてて、自分のカメラに入れておいた一二〇枚の写真を順番に見ていった。最後のほうに、一〇枚の眼鏡橋を撮った写真があった。橋の上には、観光客や、一人でたたずむ着物姿の、若い女性などが小さく写っていた。

神山は、Kホテルのフロント係に、観光客に薦《すす》める長崎の名所旧跡を箇条書《かじょうが》きにしてもらっていた。そうすると、第一位は軍艦島《ぐんかんじま》。第二位は出島《でじま》、三番目に眼鏡橋が入っている。四番目はグラバー園。五番目は中華街。六番目は二十六聖人殉教の地。そしてその後に、原爆資料館などが続くのだが、やはり、現在注目を浴びている軍艦島を、第一位に薦めるといわれた。だが、依頼された以外に、寄り道したとしても、社会派を自認している松本が、どうして軍艦島に関心がなく、あるいは原爆資料館にも関心はなく、夜になってライトアップされた眼鏡橋を見に行き、一〇枚の写真を撮ったのだろうか。それが不思議だった。

神山は、もう一度東京の佐々木社長に電話を

かけて、

「松本は、前にも、長崎に行ったことがあるんですか？」

と、きいてみると、社長は、

「長崎の大学に通っていて、今でもよく行くといっていた。だから、彼に今度の仕事を、頼んだんだ」

「今回のお客の依頼は、長崎電鉄、グラバー邸とグラバー、そして三番目が坂本龍馬と長崎、でしたね？」

「そうだが」

「他にも要望があったんじゃありませんか？もし時間があれば、こんな写真も撮って来てほしいという要望です。その中に長崎の名物の眼鏡橋も入っていたんじゃありませんか？」

と、神山は、きいてみた。

「いや、そんな細かい要望はなかった。今、君がいった三つだけの要望だった。眼鏡橋のことなんか出ていない。その他、長崎には原爆資料館とか軍艦島があるんだが、そういう要望は全くなかったよ」

「実は、問題のカードの中に長崎電鉄の写真は当然多いんですが、眼鏡橋の写真も一〇枚入っているんです。それも、夜になるとライトアップされるというので、それで出かけていって、写真を撮ったのではないかと思うんですが、松本は、長崎の眼鏡橋に興味を持っていたんでしょうか？　わざわざ望遠レンズを付けて撮っていますが」

「そういう話は、聞いてないね。今もいったように、彼はよく長崎には行っているんだ。自分でそういっていたから、当然眼鏡橋の話も出たよ。しかし特別、眼鏡橋に関心を持っているようには聞こえなかったね」

と、佐々木社長は、繰り返した。

神山は夕食をホテルで取ってから、時間を見てもう一度眼鏡橋に行ってみた。確かにライトアップされていた。観光客も来ている。しかし、それほど多くはなかった。神山はもう一度、証言をしてくれたカフェのママに会って、

「眼鏡橋はライトアップされてましたが、観光客は五、六人しかいませんでしたよ。いつもこんなものですか？」

と、きいた。

「ええ。ライトアップされた最初の頃は、たくさんお見えになったんですけど、最近は、せいぜい五、六人ぐらいしかいらっしゃいませんね。けれど、ライトアップされる前は、ほとんど、お見えになっていなかったんですよ」

と、ママが、いった。

「この近くに、坂本龍馬の銅像がありますよね？」

「ええ。眼鏡橋のそばではなくて、もう一つ隣の袋橋の袂に建っているんです」

「有名な銅像ですか？」

「そうじゃないと思います。龍馬さんの銅像といえば、やはり風頭公園に建っている大きな銅像のことを考えますけど。それとか龍馬さんの靴だけのものが有名ですから」

と、ママが教えてくれた。

確かに、今回の取材のお客は、坂本龍馬と長崎の関係を調べてくれともいっていたが、ママのいうとおり、坂本龍馬の銅像といえば、五メートル近くの大きな、風頭公園の銅像ということになるだろう。それに、面白いということなら、坂本龍馬のブーツだけが置かれている、亀山社中の記念館のそばにある銅像ということになるだろう。カフェのママもこういった。

「ブーツだけの銅像のほうは、ユニークだというので、観光客の皆さんには有名なんです。ですから、大きな銅像とブーツだけの銅像。観光客の皆さんは、よく、この二つを、見に行かれますよ」

松本が夜の眼鏡橋に行ったのは、その近くに龍馬の銅像があるからではなかったと神山は考えた。第一、一二〇枚の写真の中には、まだ龍馬の銅像は一基も写っていないのだ。もしかしたら、三月七日に龍馬の銅像を写しに行ったのかもしれないし、先にグラバー邸に行き、その後、龍馬像を写すために歩いたのかもしれない。

神山は、お客の要望に応じた原稿を書き、松本の代わりに、それを送ってから、その後は、長崎の市内で松本信也の消息を追うことに決めた。

5

依然《いぜん》として松本信也の次の足取りが摑《つか》めない。三月六日の夜、ライトアップされた眼鏡橋に行って、一〇枚の写真を撮ったことはわかったのだが、一日、歩き回っても、その後の足跡が摑めないのである。そこで神山は、会社には内緒で長崎警察署に行き、松本信也の捜索願を出そうと思った。それでもう一度、長崎警察署を訪ねて行くと、そこで、松本信也の妻、みどりにばったり会った。夫の松本より四歳若い二八歳のみどりは、一人でこの長崎の町にやって来たのだという。

みどりは、神山を見つけると、ホッとしたような表情になって、

「主人のこと、何かわかりました？」

と、きいた。

「あまり、消息は摑めていません。それでこの警察署に捜索願を出そうと思ったんですが、捜索願を出すのは奥さんのあなたが一番相応《ふさわ》しい」

といい、署内の係に松本の捜索願を妻のみどりの名前で出すことになった。その後二人は、近くのカフェで、松本の話をした。みどりは、

「こんなことで、松本がいなくなるとは思いませんでした」

と、いう。それには、神山も同感だった。松本は筆が立つ。だから、手早く取材を済ませて、妻のみどりを長崎に呼ぶのではないか。そんなふうにさえ、神山は考えていたのである。それが、全く違った話になってしまった。コーヒーを飲みながら、

「松本は、あなたに今回の取材旅行についてどんなことを話していました？」

と、きいた。

「主人は、前にも長崎は特に好きな土地だとはいっていました。東京の大学に入って、二年の時に、長崎の大学に移ったんです。それから、長崎のことを調べてくるので、いつか休暇を取って長崎に行きたいねともいっていたんです」

みどりは予想どおりの話をした。

「間違いなく、二人で長崎に行ってみたいといっていたんですね？」

「ええ。でも、それが何か問題なんですか？」

と、みどりが、きいた。

「いや、ただきいただけです」

と、あわてて神山がいった。ひょっとして松本の知り合いの女性が長崎にいて、その女性と会うこともスケジュールの中に入れていたのではないか。そんなふうに考えていたからである。しかし、いつか一緒に長崎に行ってみたいと妻にいっていたのであれば、長崎に女がいたというのは、まず考えられないなと、神山は思った。

その後、神山は眼鏡橋に、みどりを連れて行った。

「あなたは、長崎には前にも来たことがあるんですか？」

神山が、きくと、

「大学の卒業の年に、女友達と一緒に九州を旅行したことがあります。その時に長崎に寄ったんですけど、あまり長崎の名所旧跡は訪ねていません」

と、みどりがいう。その後、唯一《ゆいいつ》の目撃証人のママがいるカフェに、みどりを連れて行き、ママを紹介した。

みどりがママに話したのは、三月五日の朝、マンションを出る時の松本の服装と持ち物だった。

「取材なので、大きな望遠レンズ付きのカメラを持って行きました」

と、みどりが、いうと、ママが頷《うなず》いて、

「眼鏡橋で写真を撮った時、大きな望遠レンズを付けていたんですよ。でも、どうしてあんな大きい望遠レンズを付けていたんでしょう？」

と、不思議がった。

「それは取材のためですよ。目標物を遠くから相手に気を使わずに撮れる。それもあって、取材の時には望遠レンズを付けることが多いんです」

と、神山が、いった。

松本が今回撮った写真、一二〇枚の中に望遠レンズを使ったものがあった。問題の長崎電鉄の写真を撮る時も、遠くから狙《ねら》って撮っているものが多い。

「松本は、写真が好きでしたね？」

神山が、みどりにきいた。

「ええ、好きでした。だから何台もカメラを持っていたんです」

「その中の一台だけを持って、松本はこの長崎の取材に出かけた。そのカメラに望遠レンズを付けてですね。いつも彼は、個人的に写真を撮る時に、望遠レンズを、付けていましたか？」

「ええ。自分にとって望遠レンズは戦うための武器みたいなもんだと、いつもいっていましたから」

確かに、神山も聞いたことがあった。

「俺は写真家としては、ゲリラみたいなもんだから、遠くから撮れる望遠レンズが好きなんだ」

と、松本が、いっていたからである。

みどりと、松本のことを話していると、どうしてもカードのことが引っかかってくる。神山の働いている会社は、固定給が半分で、その他は歩合《ぶあい》になっている。したがって注文が多ければ、給料も多くなるのだが、最近では、ほとんどの得意先で、自分のところにカメラマンがいて、それに最近のカメラは、誰が撮ってもうまく写る。したがって、どうしても神山の会社では写真の注文が少なくなり、それで収入も減る。それなのに、松本は、一二〇枚だけ撮ったカードをカメラから外してしまっていた。そのことがどうしても、引っかかってくるのだ。

しかも、その一二〇枚だけ撮ったカードを、わざわざ抜き出して、会社に送っている。なぜ、そんな面倒なことをしたのだろうか。そこがどうにもわからないのである。

それに、と神山は考えてしまう。このカフェのママの話では、三月六日の夜、松本はライトアップされた眼鏡橋と観光客をわざわざ撮りに来ている。したがって、カードの最後の一〇枚はライトアップされた眼鏡橋の写真である。どうしてそこまでをカードに入れて、東京に送ろうとしたのだろうか。確かに、今回の注文主は、長崎の街の写真も撮ってほしいと要望していた。それならば長崎の様々な名所旧跡を写真に撮ってから、送るべきだろう。それなのになぜ眼鏡橋界隈《かいわい》の写真を撮って、それを最後にして、カードを送ることにしたのか、それも、わからないのである。

「あなたは大学時代に、一回長崎に来ているんでしたね？」

「ええ」

「その時、眼鏡橋も見に行きましたか」

「ええ、ここだけはたまたま」

「今はどうですか。眼鏡橋は好きですか？」

突然の質問に、みどりは、

「それほど好きでもありませんけど。面白い橋だなとは思っています」

とだけ、いった。とすれば、妻みどりの頼みで、わざわざ松本は、眼鏡橋周辺を撮ったわけでもないのだ。

しかし、松本が、会社で、長崎の眼鏡橋のことを話していた記憶はない。

「長崎の新聞に、尋《たず》ね人の広告を出したいんですけど」

急に、みどりがいった。おそらく、警察の捜索願だけでは不安だったのだろう。

「いいですね。長崎の地元の新聞社に行ってみましょう」

神山が、先に、腰を上げた。

長崎には、『長崎新報』という地方新聞があって、これが一番大きい新聞だった。二人はその長崎新報社を訪ねて行った。みどりが尋ね人の広告を出したいといったが、神山のほうは長崎新報社の窓口で、三月七日から今日までの新聞を見せてもらうことにした。
長崎警察署は、事件らしい事件はないといっているが、地元の新聞のほうが細かいことを記事に載せているだろうと思ったのだ。今日まで、四日間の新聞である。隅《すみ》から隅まで見ていったのだが、警察署で聞いた交通事故のことは出ていたものの、その他に事件らしい事件の報道はなかった。
それで、いくらかホッとした神山だったが、今度はみどりが出す尋ね人の欄の文句で、二人で考え込んでしまった。尋ね人の欄らしい文句にしなければならない。

「松本信也さんへ
奥さんが心配しています。すぐ、連絡してください」

尋ね人の文句が出来た後で、やはり、もっと切羽《せっぱ》詰まったような表現のほうが、よいのではないか、逆に、あまりびっくりさせてしまってはまずいので、もっと、漠然《ばくぜん》とした文句にしようかとか、色々考えた。そして最後に、考えた結果、

「松本信也さんへ
奥さんと同僚が心配している。これを見たら至急連絡乞《こ》う」

という、平凡な文章になってしまった。それを『長崎新報』に載せてもらうことに決めたあと、元新聞記者だったという広告担当と、色々と話を交わした。

「最近、中国や韓国からの観光客が多くなりましたね」

と、広告担当が、いった。

「特に、中国の方は、長崎の街に、大きな中華街があるので、そこを訪ねて行く方が、多いですよ」

二人が腰を上げた時、ニュースが入って来た。

「繁華街の丸山で昨夜遅く酔っ払いが殴《なぐ》られてケガをし、入院したというニュースが入りました。気になるのは、その犯人が長身で望遠レンズ付きのカメラを振り回していたというんです。写真はありませんが、松本信也さんじゃありませんかね」

と、広告担当が、二人に教えた。

「昨夜遅くですか？」

と、みどりが、きく。

「三月九日の夜一〇時頃だそうです。丸山は長崎の繁華街ですから、そこで地元の男が、酔っ払いに、殴られたというんです」

「相手は長身で、カメラを振り回していたそうですね？」

「そうです。どうもそのカメラが、大きなカメラで、大きな望遠レンズが付いていたらしいんですよ」

と、広告担当が、いった。

「このニュース、どこから、入ったんですか」

「警察からです。丸山にも交番がありますから。そこの警官からのニュースらしいですよ」

「すぐ行ってみたいと思います」

と、みどりが、いった。

6

長崎電鉄では本数も少なくなった時間で遅くなるので、タクシーを呼んでもらい、それに乗って二人は長崎の繁華街に向かった。

丸山は今でも長崎の繁華街、というよりも正確にいえば、花街《はなまち》である。神山とみどりはそこにある交番に行き、神山が名刺を出して、昨夜の騒ぎについてきいた。

「大した事件じゃありませんよ」

と、交番の巡査が、いった。

「酔っ払い同士の喧嘩《けんか》です」

と、いう。

「殴ったほうは長身で、大きなカメラを持っていたと聞いたんですけど」

「そうです。殴ったほうはすぐ、姿を消してしまいましたが、殴られたほうは出血があったので、すぐ救急車を呼んで、病院に運びました。今聞いたところでは、明日中には退院できるそうです」

と、いう。

「その病院を教えてください」

と、みどりが、いった。幸い、この交番の近くの病院だという。二人は交番の巡査に礼をいってから、病院に向かった。

この病院で、治療を受けた被害者の男は、個室に入っていた。ここでも神山は名刺を使い、院長に頼んで、被害者に会わせてもらった。

頭に包帯を巻いた、四〇歳くらいのその男は、頭に手をやりながら、

「いきなり殴られたんですよ。ひどいもんだ」

と、いう。

「しかし、いきなり殴るもんですかね。何かあったんじゃありませんか？　口喧嘩とか、ぶつかったとか」

「こっちも少しは酔っていましたがね。いい気分で歩いていたら、私にカメラを向けた男がいたんですよ。背の高い男で、大きなカメラでしたよ。あれ、望遠レンズでしょうね。飲み屋なんかを写真に撮っているんで、何してるんだと声をかけたら、いきなり殴られましてね。あっという間でした。気が付いたら倒れていて、犯人は消えてしまってました」

男が、いった。

「相手は、長身の男なんですね？」

「やたらに背の高い男でしたよ。年齢は、三〇代くらいじゃないかな」

「酔っ払い同士の喧嘩、じゃないみたいですね。その男は、酔っていなかったんじゃありませんか？」

と、神山が、きいた。

「そうですね。今から考えると、酔っていなかったのかも、しれない。やたらに、カメラを振り回していたので、こっちを撮っていると思っ

て、カッとしたんです。怒鳴《どな》ったら、黙っていきなり殴られたんです」

と、男は、繰り返した。

「確認しますが、三月九日の午後一〇時頃ですね？」

「そうですよ。三月九日の午後一〇時頃です」

「正確な場所を知りたいんで、地図を書いてもらえませんか」

神山は、メモ用紙と、ボールペンを渡した。考えながら、地図を書いている男に向かって、神山は松本の顔写真を、見せた。

「相手は、この男でしたか？」

「夜だし、酔っ払っていたから覚えていませんよ。覚えているのは、今もいったようにやたらに背が高くて、少し痩《や》せ型かな。それから大きなカメラを持っていた。覚えているのはそれだけです」

と、いった。

「その、背の高い男は何か、いっていましたか」

と、みどりが、きいた。

「いや、黙って殴られたんです。だから、余計、腹が立っているんですよ」

と、包帯の男は、いう。松本信也もどちらかといえば、寡黙《かもく》なほうである。そう考えると、ますますその相手が、松本信也に思えてくる。

しかし、三月九日の夜、何をしに丸山の花街に行っていたのだろうか。

「あなたが腹を立てたのは、その背の高い男が、自分にカメラを向けて、写真を撮っていたからでしたね？」

「ええ、そうですよ。黙って撮っているし、それに夜ですからね。酔ってる写真を撮られたと思えば腹も立ちますよ」

「あなたの写真を撮っていたんじゃなくて、その周辺の写真を、撮っていたんじゃありませんか？　花街か、まわりの人の写真をです」

神山がいうと、男はちょっと考えてから、

「今から考えれば、そうかもしれませんが、あの時は、てっきり酔っ払った俺の写真を撮っていると思ったから、腹が立ったんですよ。断わりもなく写真を撮られましたからね」

男が書いてくれた地図を頼りに、二人は丸山の花街に向かい、周辺のクラブやバーを訪ねて回った。質問は一つである。松本信也の顔写真を見せて、

「この男が三月九日の夜、こちらに顔を出しませんでしたか？」

それが、質問の全てだった。

ここでも、なかなか、二人が期待するような答えは返って来ない。ただ、五軒目のクラブでやっと反応があった。ママが、覚えているといったのである。

「このお店に、この男が来たんですね」

「ええ。カウンターでビールを二杯飲んだだけで帰ってしまいましたけどね。カメラに入っていた若い女性の写真を見せて、この女性を知らないかときいたんですよ。だから、知らないと答えたら、すぐ出て行きましたね。たったビール二杯ですよ。テーブル代はいただきましたけ

ど、つまんないお客でした」

と、笑う。

「その写真の女性ですが、この女性じゃありませんか」

と、神山は、みどりをママに手のひらで差してみせた。

「いえ、違いますね。この方の写真じゃありませんよ」

「どうして、断言できるんですか？」

「だって、違うから違うんですよ。日本人の女性にしては背が高いんで、一七〇センチはある女性だと、そのお客がいっていましたからね。そちらの女性は一六〇センチぐらいでしょう？」

と、ママが、いった。

「その写真の女性ですが、男は、名前はいっていましたか？」

「いえ、名前をきいたんですけど黙ってましたね。だから、写真の女性とあまりいい仲じゃないんじゃありませんかね」

と、ママは、いい、その後も、

「ビール二杯だけですからね」

と、ぐちをこぼした。

神山は、松本が残した写真の中に、眼鏡橋にたたずむ、着物姿の若い女性のものがあったのを、思い出し、不安になっていた。

その店を出ると、みどりは、

「明日、東京に帰ろうと思います」

と、いった。

「こんな話が出たので、腹が立ちましたか？」

「そういうことじゃなくて、大きな事件に巻き込まれたんじゃないようなので、東京で待っていたほうがよいと思います」

みどりが、そういうので、翌朝、神山は長崎空港まで彼女を送って行った。

その後、空港の待合室で、神山は、ノートパソコンで追加の原稿を書き上げ、それを東京に送った。

「三日間休暇を下さい。どうも気になって、もう少し長崎の街を歩いて松本を捜したいんです」

と、伝えた。

「彼はまだ、長崎にいると思うのかね？」

「そこら辺はわかりません。彼からの連絡は相変わらず来ませんか？」

「全く来ないね。彼はスマホを持っているはずだから、時間を置いてかけているんだが、相手につながらない。スマホを落としてしまったのか、それとも聞きたくないのか、わからないから困っているんだ。とにかく、君が送ってくれた報告書はすぐ、お客に渡す。お客がそれでOKといったら、君は三日といわず、一週間でも、一〇日でも、そちらで松本信也を、捜してくれ。我が社にとって得難《えがた》い優秀な社員だからね」

と、社長が、いった。

三日間の休暇をもらったが、依然としてどこを捜したらいいのかわからない。そこで、神山はもう一度眼鏡橋近くのカフェを訪ねて行った。これで、四回目である。

そんなわけで、ママのほうも、心配してくれた。

「お客さんのお友達は、どうしたんでしょうねぇ。どこへ行ったか、全く、わからないんですか？」

「三月九日の夜、丸山の花街で、松本という、僕の友人は、酔っ払いを殴ってけがをさせたようなんです。だから、九日にはまだ長崎にいたことになるので、何とかして捜し出したいんですが、どこを捜したらいいかわからない」

と、神山は、いった。

神山はママに、名刺を渡してから、

「うちの会社は、依頼主に代わって取材をする会社なんですよ。人物の場合もあるし、土地の場合もあるし、今回のように長崎の街という場合もあります。三月の五日に松本は、仕事でこの長崎に来ていました。取材の依頼があったからです。そして長崎電鉄、長崎の路面電車の取材をした後、坂本龍馬と長崎の関係あるいは、グラバー邸のグラバーのことを取材して、お客に報告書を作るために歩いていたと思うんです」

「でも、その人は、七日からは、会社のほうには連絡していないんでしょう？」

「そうです。会社としてはその社員を個人として心配だけど、もう一つ、仕事のことがありますからね。一一日までに、依頼主に、長崎のことを報告しなきゃいけなかったんです。彼が見つからなくても仕事は、しなくちゃいけないので、僕が彼に代わって、長崎に来ているんです。何とか、お客の依頼に対する仕事のほうは、報告書を出しているからいいんですが、僕の心配はいなくなってしまった松本のほうです。僕よりも、はるかに、頭がよくて、様々な才能がある。会社にとっても惜《お》しい人材ですからね。何とかして捜し出して、東京に連れて帰りたいんです」

「昨日は、そのお友達の奥さんを連れて来たでしょう？　若い奥さんで、まだ新婚じゃないんですか？」

　と、ママが、きいた。

「そうなんですよ。去年、結婚したばかりなんです。だからなおさら、何とかして、捜し出したいんです」

　神山は、正直にいった。

「何かの事件に巻き込まれたのかしら。それとも、自分の意思で、姿を消してしまったのかしら」

「それも、わからないんです」

「そのお友達、喧嘩っ早いんですか？　それに、勝手に姿を隠すような人なんですか？」

「正義感は強いけど、喧嘩っ早いとは思えないな。ただ、現在の世相に対して、いつも腹は立てていましたけどね。しかし、そのため、突然、姿を消してしまったとは、思えないんですよ」

「『長崎新報』に、尋ね人の広告を出したんですね？」

「奥さんが、尋ね人の欄を利用してみたいといったので、そうしました。あれを松本が読んでくれて、連絡してくれればいいんですがね」

「あなた自身はどう思ってるんです？」

急にママにきかれて、神山はあわてて、

「わかりませんね。仕事の途中で突然姿を消すなんて、考えてもいませんでしたからね。どうなってるのか、全く想像がつかないんで、どうしても、嫌《いや》な方向に想像が行ってしまうんですよ」

「どんな想像です？」

「彼が奥さんではない女性を、長崎で、捜していたんじゃないか。そんな想像が、湧いてしまうんです」

「あの奥さんには、可哀想《かわいそう》だけど、いなくなったあなたのお友達は、奥さん以外の女性を捜しているんじゃないかしら」


と、ママが、いった。

「どうして、そう思うんですか？」

「だって、あなたは、奥さん以外の女性を捜していたと思うんでしょう？　たぶん、結婚前のスキャンダル、それを何とかしようと思って、仕事の合間に長崎の町を歩いていた。そんなふうにしか私には思えませんけど」

と、ママは、いった。どうやら、失踪した松本信也には、同情はできないというように聞こえた。

神山は、考え込んだ。眼鏡橋で写した、着物姿の若い女性のことが、気になるのだ。その様子を見てママが、さらにいった。

「あなたのお友達って、女性にはモテたんじゃありません？」

「そうですね。モテたと思います」

「それじゃあ、間違いなく、奥さんと結婚する前に付き合ってた女性がいるんですよ。その女性がまだ、あなたのお友達に未練があって、自分に断わらずに結婚したことをなじったんじゃありません？　二人で付き合っていた時の写真なんか持っていて、それを奥さんに見せてやるみたいなことをいわれたもんで、お友達はあわてて仕事で長崎に来たついでに、彼女に会って何とか納得させようと思った。ところが、肝心の女性が消えてしまったので、必死になって彼女を捜している。そんなところじゃないかしら」

「ずいぶん、想像力が、豊かですね」

「若い男女の仲では、よく、そんなことがあると聞いてますからね」

と、ママが、いった。

「失恋した女性にとって、長崎はどんな町なんですかね？」

「そうですねえ。異国情緒《じょうちょ》もあるし、宗教的にいえばキリシタンの殉教の地でしょう。だから、失恋した寂しい女性は癒《いや》されようとして、長崎に来るんじゃないかしら」

と、ママが、いった。

第二章　野望と挫折《ざせつ》

1

　神山は、今回の件で、つくづく、同僚の松本信也について、何も知らないことが、わかった。

　これは、「リサーチジャパン」という会社のせいもあるだろう。

　大会社なら、毎年、新人が入って来る。採用された者は、よほどのことがないかぎり、何年か一緒に仕事をするから、自然に友人になり、お互いを知るようになる。プライベートについても同じだ。

　リサーチジャパンは、違う。典型的な中小企業である。その上、仕事のほうも、決まったものではない。そんな会社だから、新人募集もやらないし、やったところで、大学卒の新人が応募して来るはずはない。だから、全員が、中途採用かコネ入社である。

　神山自身も、三〇歳で、リサーチジャパンに入社している。

　その時、社長の佐々木に、いわれた。

「うちに、入って来る奴は、たいてい、まともな会社で、女や金で失敗して馘《くび》になった人間だ。いわば、インテリヤクザだ。だから、おれは、過去は問わない。気が強くて、文章が上手《うま》く、旅行が好きなら、それで充分だ。君もだよ」

神山も、前の会社を、女と酒で失敗して、懲《ちよう》戒免職《かいめんしよく》になっていた。リサーチジャパンみたいな会社だから、再就職できたと思っている。

また、そんな会社だから、一緒に働く同僚について、私生活を、あれこれ聞くこともなかったのである。

神山は、長崎から、東京に戻った松本の妻に電話をかけた。

「引き続き松本さんを捜《さが》しているんですが、見つかりません。奥さんに、他に何か心当たりのことがありませんか？」

と、聞いたのだが、電話の向こうの声は、意外に明るくて、

「私は、もうそれほど、心配しておりません」

「それは、どうしてですか？」

「主人は、旅が好きで、旅の仕事は、苦にしておりませんでした」

「それは、よく知っていますが」

「主人は、特に、長崎は好きな土地で、今回も、仕事が済んだあと、四、五日、休暇を貰《もら》って、長崎に残りたいといっていたのを思い出したんです」

「そうしたことを、社長にいわれましたか？」

「いいえ」

「どうしてですか？」

「主人は、これは、私《わたくし》事《ごと》で、会社には何の関係もないと、よく、いっていたものですから」

「何か、長崎について書いたメモのようなものは、残っていませんか？」

「私も、探したんですが、見つかりません。きっと、長崎に持って行ったんだと思います」

「そうすると、彼が、長崎について書いたメモはあったんですね？」

「内容はわかりませんが、大学ノートに、時々、何かメモしていたのは知っています」

「それは、長崎についてのメモですね？」

「だと思いますけど、わかりません」

「長崎について、松本さんが、どんなことを、日頃、口にしていたか、思い出してくれませんか。これ以上、長崎のどこを捜したらいいか、わからなくて、困っているんです」

神山は、正直なところを、いってみた。が、

「私は、あまり心配していませんけど」

という返事しか戻って来なかった。

松本の妻は、何も知らないから、平気なのか、何かを知っているから心配していないのか、神山には、判断がつかなかった。

神山が確信したのは、松本が、長崎という町に、特別の感情を持っていたらしいということだけだった。

(少しばかり、厄介《やっかい》になってきたな)

とは思った。

松本は、客の依頼で、いつものように、長崎に取材に行ったものだと思っていた。五日、六日と、報告書を送って来て、そのあと連絡が取れなくなってからも、困ったことになるとは心配していなかった。

神山は、松本に代わって報告書を、すでに送ったので、仕事面の問題は済み、あとは、松本を捜すだけである。

その松本も、自分と同じインテリヤクザと思っていた。サラリーマンの社会での出世は、まず、無理である。だから、東京を離れると深酒をしたり、病気になったりする。今回も、そんなことだろうと、思っていたのである。

どうも、今回の件は、今までのケースとは少しばかり違うらしい。といって、松本のことを、心配しているわけではない。今の会社に対する愛社精神が強いわけではないし、同僚への友情が強いわけでもないから、少しばかり、面倒なことになりそうだと思っただけである。

(今日も一日、長崎市内を捜し歩くことになりそうだ)

と、ホテルで、遅い朝食をとりながら、思った。

食事のあと、東京の会社に電話を入れた。

「松本から、連絡はありませんか?」

ときく。佐々木社長の切実な声が返って来た。

「まだ、何の連絡もない。あいつに辞《や》められたら困るんだ!」

「とにかく、捜しますよ」

と、いって、神山は、電話を切った。

長崎の地図を広げる。今まで調べた地区をボールペンで消していく。消しながら、ぶつぶつ、文句を言った。

「何で、長崎に用が、あるんだ?」

そのあと、フロントにあいさつして、出ようとすると、

「神山さんですね？　ちょうどお手紙があります」

「誰からですか？　松本からですか？」

「それが、わかりません」

若いフロント係は、一通の封書を、神山に渡した。

四角い封筒の表に「Kホテル内　神山様」と、書かれているが、差出人の名前はない。

「いつ来たんですか？」

「今朝になって、ホテルの郵便受けに入っているのに気が付いたんです。昨夜のうちに、投函《とうかん》していったんだと思います」

と、いう。


封筒の中に入っていたのは、絵ハガキだった。

長崎の名所の一つ、グラバー園の絵ハガキで、そのうちの「グラバーカフェ」である。


「本日、午後一：〇〇にお待ちしています」


と、あった。

その筆跡は、松本のもののようにも見え、別人のもののようにも見えた。というより、考えてみれば、松本の書いたものは、パソコンで打ったものしか見ていなかったのだ。

神山は、その絵ハガキを持って、外出した。最初と同じように、路面電車に乗って、グラバー園に向かう。

時間があるので、市民病院前で降りて、「我が国鉄道発祥の地」の碑文をあらためて読み、それから先は歩くことにした。

慶応元年（一八六五）に、トーマス・グラバーが、六〇〇メートルのレールを敷いたといわれる道である。

神山は、松本のように、長崎の町に特別な愛着を持っているわけではなかった。ただ、鉄道が好きなだけで、それも、マニアとファンの間くらいのものだろう。

それでも、時間があるので、ゆっくりと、歩いた。

グラバーは、レールを敷いただけではなく、蒸気機関車に、二両の客車を連結して、走らせたという。

グラバーは、なぜ、そんなことをしたのだろうか？

日本に売り込もうとしたのだといわれるが、神山には、どうも、ピンとこない。

グラバーは、武器商人でもある。特に、洋式銃を各藩に売り込んでいる。ゲベール銃と、それより性能のいい、ミニエー銃である。当時の値段は、ゲベールが一挺《ちょう》四、五両、ミニエーが一挺二〇両といわれる。グラバーが売りつけたのは、主として、薩摩と長州だが、それも、七〇〇〇挺とか、八〇〇〇挺という量である。幕末だから、各藩が、競って最新の洋式銃を欲《ほ》しがったため、いくらでも売れただろう。

それなのに、なぜ、路面鉄道を走らせたりしたのだろうか？

答えの出ないうちに、グラバー園のある高台の麓《ふもと》に着き、長崎市の作った斜行のエレベーターに乗った。

エレベーターを乗り換えて、終点で降りる。そこが、グラバー園の入口である。

あらためて、かなりな高台に設《もう》けた邸《やしき》だと思う。先日と同じように、案内図に従って歩いて行く。

遠くに、長崎港が一望できる。

（まるで、要塞《ようさい》だな）

と、思いながら歩く。

グラバーカフェは、オープンカフェである。神山は、その一角に腰を下ろした。ラムネが有名だというが、コーヒーを頼んだ。

見回したが、松本の顔はない。

腕時計を見ると、一時五分前である。とにかく、待つことにした。

不意に、眼の前に、人影が浮かんだ。

三〇代の男だが、松本ではなかった。その男は、神山の前に腰を下ろし、コーヒーを頼んでから、

「神山さんですね？」

と、声をかけて来た。

頷《うなず》くと、男は、ポケットから、封筒を取り出して、

「松本さんから、これを、渡してくれと、頼まれました。神山さんから、社長に渡してくれと」

と、いう。

白い封筒の表には、「退職願」と、書かれて

いた。

「どうして、自分で渡さないんですか？」

「松本さんは、怪我をして、入院しています」

と、男は、いう。

そのあと、男は、名刺をくれた。

「ＮＡＧＡＳＡＫＩクラブ
木下《きのした》　功《いさお》」

「松本さんは、相当悪いんですか？」

「左腕を刺されて、入院、手術を受けています」

「私は、長崎で、松本さんと思われる背の高い男が、酔って、人を殴《なぐ》ったという話は、聞いたんですが」

「そうですか。その話が本当だとすると、殴られた仲間が、復讐《ふくしゅう》したのかもしれませんね」

「この名刺のＮＡＧＡＳＡＫＩクラブというのは、どんなグループですか？」

「そうですねえ。真の長崎を愛するグループというところです」

「松本さんも、このクラブのメンバーですか？」

「もう長いつき合いです」

「名刺に、住所や、電話番号がありませんが？」

と、神山が、いうと、男は、ニッコリして、

「たった五人で始めて、一〇年ですから、住所も電話番号も、町では知られていますからね」

と、いった。

「そういえば、松本さんは、長崎の大学でしたね？」

「東京の大学に入って、二年の時に、長崎の大学に転学して来たんです」

「彼は、今、私と同じリサーチ会社で働いているんですが、時々、長崎に来ていたんですか？」

「一カ月に一回か二回は、来ていましたよ」

「それだけ、長崎という町に関心があるんでしょうが、そんなことは、一度も、私に、話していませんよ。今度のことがあって、初めて、知ったんですから」

神山が、いうと、相手は、

「われわれの間では、長崎の町が好きだからこそ、今までは、プライベートでは、めったに、長崎の名前は、口にしないようにしようと決めていたんです」

「それは、どうしてですか？」

「歴史認識の問題です」

その言葉で、神山は、あやうく、笑いかけ、あわてて、それを噛《か》み殺した。

「冗談で、いってるわけじゃありませんよ」

と、男は、とがめるような眼をした。

「私たちは、どんな土地や町にも、歴史があると思っています。それも正しい歴史で、都合のいい歴史じゃありません」

「それで、少しばかりわかってきました」

「本当に？」

「松本さんの退職願は、間違いなく、会社に持って行きます。それで、松本さんの入院している病院に案内してくれませんか。会社で、社長に聞かれるかもしれませんので」

「私たちの仕事については、他の人に、何も話してもらいたくはないんですがね」

「どうしてです」

「今、いったように、長崎の本当の歴史を考えていますが、えてして、人間は、事実を嫌いますからね」

「かもしれませんね。了解しました」

神山は、約束した。

「松本本人に、まず、聞いてみます」

と、男は、スマホを取り出して、かけたとたんに、顔色が変わった。

「本当ですか？　本当に、狙《ねら》われたんですか？」

と、声が、大きくなった。

「見舞い客に化けて？　それで、松本さんは？　あ、無事でよかった。警察を呼ぼうとしたら、本人が反対してる？　そのことは、私が、これから、そっちへ行って、決めます」

「病院で、襲われたんですか？」

と、神山が、きいた。

「そうらしいですね」

と、男は、いい、それでも、神山を、市立市民病院に、案内してくれた。

例の「長崎市立市民病院」である。

松本は、その病室のベッドに、寝ていた。それでも、意外に元気だった。

神山を連れて来た男は、襲撃について、院長と話し合っていて、その間、松本と話すことができた。

それでも、何を聞いたらいいのかわからず、無頼《ぶらい》に、

「退職願は預かったよ。東京に戻ったら、すぐ、社長に渡しておく」

と、いった。

「ああ、お願いする」

それで、いったん、会話が、切れてしまう。

神山は、勇《ゆう》を鼓《こ》して、

「五人で、長崎の町を愛するクラブを作っているんだってね？」

「ああ、そんなところだ。学生時代に、長崎にも住んでいたことがあるんだ」

「そのことで、今度、刺されたって、聞いたんだが」

「そんなことはないと思うよ。われわれのクラブは、長崎を愛しているから、五人で、作ったんだから」

「どんなことを考えている集まりなんだ？」

神山が、思いきって、質問すると、急に、強い眼になって、

「われわれは、みんな長崎という町が、好きなんだ。多分、誰よりもその気持ちが強いと思っている」

「私を、ここに連れて来てくれた人は、他の人間と、長崎の町に対する認識が違うんだと、いっていたが、どう違うんだ？」

と、神山が、きくと、松本は、

「それは、数年にわたって研究した結果なんだし、長崎市民にとっては、不愉快に思われるだ

ろうから、今は、君には、話したくないんだ」

と、いった。

院長と話し合っていた男が、病室に入って来ると、ますます、松本との話は、しづらくなった。

松本の件は、退職願が出て、これ以上、調べる必要がなくなった。会社に、写真を送ろうとしたのも、辞めることを考えていたから、かもしれない。そこで、神山は、松本の、退職を、惜しむ佐々木社長に、あと二日、長崎に残りたいと告げた。

松本が、五人でやっているNAGASAKIクラブに興味を持ったからである。幸い、会社のほうが、ヒマだということで、二日間の休暇届は、受理された。松本の妻、みどりへの連絡は、会社で、してくれるという。

2

しかし、松本や、木下功に聞いても、答えてくれないだろうと、思った。

そこで、外堀から、調べることにした。

まず、今回の刺傷事件である。町中での事件だから、警察にも、通報されていた。刺された松本の友人ということで、長崎警察署に、話を聞くことにした。

応対してくれたのは、竹田《たけだ》という若い刑事だった。

竹田は、苦笑しながら、いうのだ。

「被害者松本信也は、あれは、ケンカで、加害者と、話し合いもついたというのですよ。示談が成立すれば、警察は、引き下がるよりありません」

「しかし、被害者は、ナイフで左腕を刺されているんでしょう？」

「ところが、そのナイフは、被害者のもので、あやまって刺されたと、いっているんですよ」

「しかし、一応、警察は捜査したわけでしょう？」

「もちろん。これは、傷害事件ですからね」

「NAGASAKIクラブが何をやっているか、どんな主張を持っているかは、調べられたんですか？」

「その一部は、調べました」

「それは、どんな主張ですか？　ぜひ、知りたいのです。東京の会社の同僚でしたから」

「そうですね。長崎には、我が国初めての鉄道というものがあります」

「その記念碑を、今日、見て来ました」

「あの鉄道ですが、トーマス・グラバーが、作ったことになっています。グラバーは、日本への売り込みを図《はか》って走らせたが、それに失敗して、撤去したといわれているのです」

「それは、知っています」

「ところが、あの五人は、グラバーは、あの鉄道を永久化するつもりだった。だから、レールを海岸沿いに敷き、それを、グラバー邸まで、延ばすつもりだった。つまり、イギリスからの荷物を埠頭《ふとう》でおろし、それを、グラバー邸に運び込むのに使う計画だったというのです」

「グラバーは、武器商人で、薩摩や長州に、最新式の銃を、大量に売って儲《もう》けたわけですから、別に、不思議とは、思えませんが」

「逆に、それが、われわれから見れば、おかしいわけです」

と、NAGASAKIクラブの木下功は、いっていた。神山は、グラバー園で聞いた、木下の話を思い出していた。

「説明してください」

と、神山は、いった。相手が、あまりにも、自信満々なことに、少しばかり、腹が立ったのである。

「いいですか」

と、木下は、相変わらず自信満々の調子で、

「新式銃は、薩摩から注文があれば、何千挺でも、船に積んで、鹿児島港に運べばいいんです。長州相手でも同じですよ。他に、少量の注文なら、薩摩に運んで、薩摩から流してもらえばいいんです。たとえば、宮中の警護を命じられた十津川郷士《とつかわごうし》も、長州の洋式銃が欲しいと、いっていたのですが、少数だったので、薩摩藩から流してもらったと、いっているのです。そうなると、武器の売却に、港は必要ないんですよ。つまり、他の目的で、鉄道が、必要だったということです」

「必要な理由は何ですか？」

「香港《ホンコン》です」

「香港が、どうかしたんですか？」

「グラバーは、一八三八年の生まれです。イギ

リスが、香港を領有したのは一八四二年だから、彼が四歳の時です。イギリスは、中国に対して、香港を植民地として、アジア進出の足がかりにしたことは、誰もが知っています。それと同じことを、日本でも、やろうとしたと、われわれは考えているのです。薩長や土佐《とさ》が、明治維新に成功したのは、長崎と京都《きょうと》を押さえたからだと、われわれは見ているんです。外国、特にイギリスは、香港と同じような地域を、日本国内に作って、日本支配をすることを、考えていた。その候補地が、京都と長崎だったと思いますね。京都は、日本の中心だが、天皇の御所があったから、租借地《そしゃくち》とすることは、難しい。それで、長崎を候補地にしたのです。そのために、まず、ここに、グラバーは、邸を造りました。単なる邸じゃありません。グラバー園の、第二ゲートのそばには、ドックハウスがあります。今、そこにあるのは、移築したもので、船の乗組員の宿舎といわれますが、同じ位置に、もともと、同じような、建物があったとしたら、兵士の宿泊所にもなるんです。神山さんは、このグラバー邸に来て、何を感じられました？　イギリス人の邸と思われましたか？　まるで要塞《ようさい》だと思われたんじゃありませんか？」

「確かに、高台にあって、長崎の町が、一望できますね」

「そうでしょう。この高台に新式の大砲を持ち込めば、長崎港の埠頭も、射程の中に入ってしまいます。その上、グラバー邸だけじゃありません。当時の有力商人、特にイギリス人のウィリアム・ジョン・オルト、フレデリック・リンガー、ロバート・ウォーカーという人たちも、この町に、邸を構えているんです。彼らを無視しては、薩長といえども、最新の武器を、入手することは、難しいはずです」

「確かに、薩長は、イギリスから、武器を購入していましたね」

「幕府は、フランスでした。それにアメリカもね。だから、イギリスは、今なら、何を要求しても、薩長は、オーケーするだろうと、考えたんですよ。ノーといえば、イギリスは、最新の銃を売らなくなりますからね。幕府が、フランス、アメリカから、銃を手に入れれば、形勢は逆転します」

「当時、イギリスは、世界一の大国だったわけでしょう？　フランスやアメリカは、イギリスほど、武器、特に洋式銃を幕府側に、用立てることが、できたんでしょうか？」

と、神山が、きく。

相手は、ニヤッとして、

「その頃、アメリカでは、南北戦争が終わっているんです」

と、いう。

「なるほど、南北戦争が終結して、武器が余っていたということですね？」

「そうです。幕府が、欲しいといえば、アメリカはいくらでも、武器を売ってくれるはずでした。調べてみると、アメリカの南北戦争が終わったあと、洋式銃の値段は下がっています」

「そうした状況も見越して、イギリス、つまり、グラバーたちが、要求を出して来たわけですね？　長崎を植民地にするという」

「わかりやすくいえば、長崎を、香港にする要求です」

「彼らと、談合したのは、やはり、薩摩ですか？」

「そうですね。ここは、当時は、薩摩藩の勢力圏ですから」

　と、木下は、いった。

「しかし、長崎が、イギリスの植民地になったという話は、ありませんね。誰が、この要求を防いだんですか？」

　と、神山は、きいた。

「一時的には、彼らの要求は、通ったんです。薩摩にしろ、長州にしろ、土佐にしろ、幕府側に負けるわけには、いきませんから」

「イギリスが、というか、グラバーたちは、これで日本占領のベースが出来たと喜んだんでしょうね？」

「そこで、グラバーは、鉄道の建設に取りかかったんです。船を直接、ここに着けられないので、港から、物資を運ぶ鉄道が、必要ですからね」

「それで、六〇〇メートルのレールを敷き、蒸気機関車、イギリス製の列車を走らせたんですね」

「わざわざ、イギリス製のアイアン・デューク(鉄の公爵《こうしゃく》)号を運んで来た上、レールを、このグラバー邸まで延ばすことにしたんです。彼らが、本気だったということは、これで、わかるはずです」

「そうなっていたら、日本はどうなっていたでしょうか？」

「長崎は、第二の香港になっていて、今頃、返還式をやっていたかもしれませんね」

「しかし、そうなる寸前だったわけですね」

「このグラバー邸の周囲一〇〇万坪を、イギリス政府に、無償で、一〇〇年間提供するという契約書を見たという老人もいるし、鉄道の延長計画の書類は、私も見ています。全体の模型も、私は見ていますよ。私だけじゃなく、クラブの会員五人全員が見ているんです」

「その計画の一部は、すでに、実行されていたんですか？」

「新しいレールと、二両目のアイアン・デューク号が、リバプール港で、船に積み込まれたという新聞記事は、見たことがあります」

「その計画は、結局、中止されたわけでしょう？　第二の香港も、生まれなかったし、鉄道も、残っていませんからね」

「そうです」

「誰が、中止させたか、教えてください」

神山が、頼むと、木下は、

「まず、あなたに、見てもらいたいものがあります」

と、立ち上がった。

木下が、神山を連れて行ったのは、グラバーカフェの建物の裏だった。

その壁に、大きな穴が、二つあった。その穴は古く、崩れかけていた。

「これは、二つとも、大砲の砲弾が、命中した跡です」

「フランスか、アメリカの軍艦が、港の方向から、射《う》って来たんですか？」

「いや、日本の軍艦です。この向こうの海から、射って来たんです」

「しかし、イギリスの要求を、薩長は、吞《の》んだわけでしょう？　それなのに、なぜ？」

「日本のサムライには、とんでもない人がいたのです」

「誰ですか？」

「坂本龍馬」

「え？」

と、一瞬、神山は、からかわれたのかと思ったが、木下の顔は、笑っていなかった。

「その頃、坂本龍馬は、この長崎で、亀山社中、のちの海援隊を作り、薩摩から汽船を借り、それを使って、交易もやっていたんです」

「それは、知っています」

「イギリスの要求が、通ると、龍馬は、当時の優秀なストロング砲三門と砲弾を買い込み、汽船に積み込んで、この沖合にいかりを下ろすと、いきなり、このグラバー邸と、鉄道に向かって、射ち出したんです」

「どうして、そんなことをしたんですか？」

「だから、射たれたイギリス側、グラバーたちは、坂本龍馬を、常軌《じょうき》を逸《いっ》したサムライと、呼んだんです」

「当然、イギリス側は、抗議し、賠償を要求したんでしょうね」

「しましたが、龍馬は、おれたちは、いわば、会社を馘になった失業者の集まりだから、金はないし、藩にも責任はないと主張したんです」

「そんな弁明が、有効だとも思えませんが？」

「そうなんです。しかし、イギリス側の人間の中には、長崎は、租界《そかい》を作っても、海から砲撃されれば、簡単に、大きな被害を受ける。それを考えると、長崎には、香港は作れないといい出す人がいて、この計画は、中止されたんです」

「それで、この砲弾の跡は、そのままにしてあるわけですか？」

「冷静に考えれば、第二の香港は、金にならないし、戦争になったら、あっという間に、占領されてしまうと、いわれたのでしょうね。それを忘れないためにということで、この砲弾跡は、そのままにすることになっているんです」

「いきなり、龍馬に射たれて、どのくらいの損害を受けたんですか？」

「当時の金で、一八〇万両といわれています」

「大金ですね」

「だから、歴史に残すべきだと、われわれは、思っているんですが、教科書には、載《の》っていません」

「龍馬本人は、この事件を、どう考えていたんですかね？」

「幕府の代表者に会った時、龍馬は『おれが一八〇万両、幕府に儲けさせてやったぞ』といったそうです。幕府の要人は、ポカンとしていたといわれています」

「坂本龍馬といえば、この長崎で、盛んに活躍していますね？」

「京都は、彼にとって、危険でも、戦いの楽しみのある町だが、長崎は、ひたすら楽しかったんじゃありませんかね。九州は、新妻と二人で、新婚旅行を楽しんだ場所ですからね」

と、木下は、また笑った。

その笑いで、神山は、逆に冷静になった。入院している松本のことが、心配になってきた。彼が、グループとして、何をしてきたかも、知りたくなったのだ。

「彼は、東京の会社に、退職願を出すことになりましたが、このあと、何をするつもりですかね？」

と、きいた。

「当然、これからも、長崎を中心として、研究していくんじゃありませんか？」

「松本さんは、大学ノートに、時々、何か書き込んでいたというんですが、それが、何なのか、木下さんは、知っているんですか？」

「私たちに興味があるのは、長崎——京都——東京をつなぐ歴史なんです。その中に、新発見があれば、発表するつもりですが、それまでは、各人が、何を調べているか、わかりません。もちろん、最後には、いちばん面白いもの、歴史的なものを選んで、五人で協力して、作りあげていくわけですよ。歴史上の新発見があった時は、嬉《うれ》しくて、思わず、万歳《ばんざい》を叫んでしまいますね」

木下は、嬉しそうだった。

神山は、五人が発見というか、作りあげたような、長崎の歴史を、市民は、どう思っているかを知りたくなり、竹田刑事に、きいてみた。

そのことが、松本が、二度も、襲われた理由になっているかもしれないと、思ったからである。

竹田は、それは、考えていると、いった。

神山は、長崎警察署を出ると、今日一日、市民の声を聞いて回ることにした。

最初に訪ねたのは、長崎大学だった。

そこの、小見山《こみやま》という日本歴史の准教授だった。

会ってもらえないのではないかと思ったが、電話で、「大学に来てくだされば、喜んでお会いしますよ」と、簡単に、話が聞けることになった。

神山が、木下に聞いた話を口にすると、小見山は、愉快そうに、笑った。

「とにかく、あの五人は、面白いことを考えるなと、感心しますよ。私は学者ですから、歴史的な真実という面から見ると、腹も立ちましたが、お話としては、感心していますよ」

「つまり、お話としては、面白い？」

「そうです」

「どんなところが、面白いと思われるんですか？」

「まず、有名人の名前を、ずらりと並べていますよ。グラバー、坂本龍馬、薩長と、誰もが知っている名前を、ずらりと並べている。そうしておいて、グラバーには、いかにも、イギリスの武器商人らしい役目を与える。イギリスは、香港を植民地にしていますから、ひょっとすると日本に対しても、同じ野心を持っているとしても不思議はない。さらにいえば、その野心を防いだのが、坂本龍馬となって、こちらのほうも、いかにも龍馬らしいから、ひょっとすると、そんなこともあったかもしれないと思ってしまう。それが、五人の頭のよさじゃないですかね」

「それに、日本最初の鉄道も、実際に走ったそうですから」

「そうです。実際に走っているし、一カ月して、グラバーは、鉄道から手を引いてしまった。商人のくせに、おかしいと思っている長崎市民もいるんです。その疑問に、五人は、ひとつの答えを示したわけですからね。市民の疑問に、さらりと、答えを提示しているんです」

「しかし、歴史的に見ると、完全な嘘《うそ》なわけでしょう?」

神山が、聞くと、小見山准教授は、そのとおりと頷く代わりに、

「昔は、フィクションだと、簡単に否定していました。もちろん、今でも、歴史的に見れば、完全なフィクションだと思っていますよ。ところが、ここにきて、妙な話が、テレビで、放映されて、まごついているんですよ」

「妙な話——ですか?」

「そうなんです。長崎テレビに『歴史を見直そ

う』という番組があるんですが、最近、その番組に、先祖が、亀山社中にいたという老人が出演して、先祖が書いた日誌を、出したんです。その日誌によると、坂本龍馬が、ある日、船に、ストロング砲三門と、弾丸を積み込んだ。その夜おそく、龍馬の命令で出港、海上から、グラバー邸と、機関車とレールに向けて射ちまくれと命令された。なぜ射つのかわからなかったが、面白いので、一斉《いっせい》に、砲撃した。グラバー邸の近くの建物と、グラバーが持ち込んだ蒸気機関車が炎に包まれるのを確認。それが面白くて、歓声をあげたと、書かれていたのです。地方紙に、先祖の武士が、ある夜、グラバー邸と、蒸気機関車が炎に包まれるのを、目撃した。それを、時々、話していたという記事が、載ったこともありますよ」

「それを、先生に、聞きに来たりしたんですか？　本当かどうか」

と神山が、きいた。

「テレビや新聞に、関連記事や、写真が載ると、私に、聞きに来ましたよ」

「それで、どう答えられたんですか？」

「もちろん、歴史的事実ではないから、事実ではないと、答えましたよ」

「それで、相手は、納得しましたか？」

「昔は、納得してくれましたよ。それが、最近は、怒って、いきなり電話を切ることが、多くなってきました。腹が立つから、わざと、そのとおりだ、それが歴史の不思議さだと答えると、相手は、大喜びしますよ。真実より、嘘のほうを、人間は、喜びますからね」

小見山は、小さく、肩をすくめて見せた。

「他に、困ったこと、呆《あき》れたことは、ありませんか？」

「最近、五人の話でマンガになった本が、出ましたよ。『日本人が知らなかった日本歴史』というタイトルでね」

小見山は、そのマンガを、見せてくれた。

タイトルは、確かに、『日本人が知らなかった日本歴史』である。

ページを繰《く》ってみる。

間違いなく、松本たち五人の考えたストーリーを、マンガにしたものだった。

すでに、重版になっていた。

「こういう長崎の事情を、先生は、どう思っておられるんですか？」

「私は、言論の自由は、尊重すべきだと思います。ただ、私は、日本の歴史を研究している人間でもありますから、時々、悩んでしまうこともあります」

と、小見山は、いった。

3

次に、神山が、足を向けたのは、長崎テレビだった。

松本たちの考えを、そのまま、ストレートに、放映したテレビ局である。

ここでは、広報の担当者に会うために、小見山准教授の名刺を利用した。名刺の裏に、紹介文を書いてもらったのである。

それが、功《こう》を奏《そう》して、戸田《とだ》という広報担当に、テレビ局内の応接室で、会うことができた。

四〇代の痩《や》せた男である。

「こちらの番組で、武器商人のグラバーが、本国の指示で、長崎に、第二の香港を作ろうとし、それを坂本龍馬が、ぶっこわした話を放映しましたね。あれは、どういう思いで、放映されたんですか？」

と、神山が、きいた。

「あれは、日本の歴史の一ページとして、面白い話ということで、放映しました。例の五人の方の協力も仰《あお》いでいます。おかげで、視聴率がとれました」

「しかし、日本の歴史の本当の一ページかどうかは、わからないわけでしょう？　それとも、日本の歴史を調べて、事実とわかって、放映したんですか？」

「あれは、面白さ第一で、放映しました。グラバー、坂本龍馬と、時代の人気者が出てくるというので、放映に反対の者は、いませんでしたよ」

「時代考証はしたんですか？」

「一応、やってます」

「どんな基準で、やっているんですか？」

「うちは、歴史番組は、二つに分けています。一方は、時代考証など、考えない。とにかく、面白ければいいという番組です。江戸時代に、殺し屋がいた話なんかが、その手の番組ですね。こういう番組の場合は、あとから、あれこれ、いわれないために、最初から、『お笑い殺し屋稼業』といったタイトルにしておきます。逆に、正しい歴史を、視聴者にわかってもらいたいといった番組の場合は、大学の先生に調べてもらいますし、タイトルもふざけた言葉は使わず、『これこそ歴史の真相』とか、『初めて明かされる』といった言葉を使うことにしています」

「例の五人が考えるストーリーは、どちらに入るんですか？」

と、神山は、あらためて、きいてみた。

「それが、うちの悩みのタネになったりしましてね」

と、いう。

「しかし、なかなか、面白い話だと思いますよ」

「だから、困るんですよ。グラバーが、長崎を、第二の香港にしようと考えていたとか、それを坂本龍馬が、実力で防いだとか、とにかく、面白い話なんですよ。ただ、専門の大学の先生に聞くと、初めて聞く話だとか、そんな話は、ちょっと、ありえないとか、いわれてしまうんです。そこで、あとから抗議を受けないように、『面白い日本の歴史』とか『視聴者の皆さんも一緒に考えてください』とか、もっと端《たん》的《てき》に『新説』という言葉を冠《かぶ》せて、放映すれば、あとで、でたらめだと、攻撃された時の弁明にできるんです」

「五人の場合は、それが、できない？」

「難しいんです。あの五人は、自分たちが、調べたこと、考えたことは、絶対に正しい歴史的真実だと、強烈に主張しますからね。まるで、ノンフィクションみたいに、作ることになってしまうのです」

「あとで、ここがおかしいと指摘された時、弁明のしようがないわけですか？」

「そうなんです。『これこそグラバーの真実』とか、『坂本龍馬は、グラバー邸を攻撃した』みたいなタイトルで、放映しましたからね」

「それは、テレビ局が、作ったうたい文句ですか？」

「いえ、あの五人が、この言葉を使ってほしい。さもなければ協力しないと、いったんですよ。今は、正直いって、びくびくですよ。抗議が来たら、どうしようかと思って」

と、戸田は、繰り返すのだ。

「ここに来る前に、日本史の小見山准教授に会ったのは、五人の考えた日本の歴史について、どう思うか聞くためでした」

神山がいうと、戸田は、やっと、白い歯を見せて、

「私も、あの先生に、お会いしています」

「五人の考えた歴史が、事実かどうか、聞くためですか？」

「そうですよ」

「あの先生は、何といったんですか？」

「五人が考えた話。それを五人は、歴史的真実といっているが、私も初めて聞く話で、もし、真実なら、大変な発見になる。自分も、もう一

度、あの時代の長崎や、グラバーについて、調べてみたいと、いっておられましたね」

「五人の考えた歴史について、馬鹿にしたりはしてなかったんですね？」

「そんな様子は、まったくありませんでしたよ。多分、五人の歴史の発見というのが、もし事実なら、日本の歴史界にとって、かなりの衝撃になる。そんなことも、おっしゃってましたね」

と、いう。

神山は、自分が会った時の、大学准教授の様子と、かなり違う印象を持った。

「しかし」

と、神山は、いった。

「五人のいう歴史の真実は、証明するのが、大変でしょう。グラバー本人は、すでに、亡くなっているし、確か、日本人との間に生まれた子供も、死んでいますから」

神山の言葉を受けて、相手は、手帳を取り出した。

「テレビ放送をする時、私も少し、当時の長崎や、グラバーのことを調べました。今、神山さんがおっしゃったように、日本女性との間に、一男一女《いちなんいちじょ》をもうけ、特に息子は、倉場富三郎という日本名で、父のあとを継ぎ、貿易会社を経営していましたが、一九四五年に、突然自殺してしまい、それでグラバー家は断絶したといわれています」

と、いった。

神山は、それに合わせるように、

「イギリスが、日本に圧力をかけて、長崎を、第二の香港にしようとしたというのも、証明が難しいでしょうね。イギリス政府が、自国に、マイナスになるような外交秘録を、明らかにするはずもありませんからね」

「ただ、グラバーは、晩年になっても、イギリス政府にも、日本の薩長にも、かなりの影響力を持っていましたから、イギリス政府が、長崎を第二の香港にしようとした時、グラバーを使ったのは、納得できるんです」

と、相手は、いった。

「あなたも、いろいろと、調べたんですね」

神山が、いうと、相手は、ニヤッとして、

「いろいろ調べましたよ。グラバーの政治力ですが、イギリスの軍艦イカルス号が、長崎に寄港中に、水兵二人が殺された、イカルス号事件が起きて海援隊の人間が、容疑者にされてしまったのです。その時、グラバーは、同じイギリス人の商人ウィリアム・ジョン・オルトと一緒に、イギリス領事館へ行って、海援隊員のために動いています。それに、グラバーは、長州の伊藤博文、薩摩の五代友厚、土佐の坂本龍馬、三菱の創始者、岩崎弥太郎《いわさきやたろう》とも親しかったので、イギリス政府としては、日本側との難しい交渉に使うのは、最適の人間だったと思いますね」

手帳を見ながら、よく喋《しゃべ》る。

このままでは、いつまでも、同じ話を聞かされそうなので、神山は、切り上げて、テレビ局を後にした。

入院している松本のことが、心配に、なってきたからである。

長崎市民病院に、戻ってみると、驚いたことに、松本は、消えていた。

看護師長にきくと、

「東京から電話がかかって来て、奥さんが、倒れたとかで、あわてて、お帰りになったんですよ。ええ。長崎空港から、飛行機を使って」

と、説明された。

「入院中なのに、動いても大丈夫なんですか？」

「手当ては、もう終わっていましたから、激しく動かなければ、大丈夫です」

「私に、何か伝言はありませんか？」

と、神山がきくと、看護師長は、

「あわてて、お友達を呼ばれましたよ。三人の男の方と、女性が一人です。この四人が空港まで、松本さんを送って行かれたと思います」

「その四人の男女の名前は、わかりますか？」

「一応、お見舞いのかたちで来られましたから、名前だけならわかります」

看護師長は、ナースセンターに、メモされていたものを、見せてくれた。

木下　功
中島《なかじま》　秀文《ひでふみ》
岩田《いわた》　天明《たかあき》
北村《きたむら》　愛《あい》

神山は、このうちの木下功には、会ってい

る。

　北村愛は、もしや、松本が、眼鏡橋の近くで、望遠レンズで撮《と》っていた相手ではないか。

　NAGASAKIクラブは、これに、松本信也を加えた五人のグループらしいが、どんな男女の集まりなのだろうか。

「皆さん、いくつぐらいの人たちですか？」

　と、神山が、きいた。

「三〇歳から、四〇歳ぐらいに見えましたけど、くわしいことは、わかりません」

「このうちの、北村愛という女性に、何か特徴は、ありませんでしたか？」

「女性にしては、背の高い方でしたよ。それに、和服でした。それが、よくお似合いで」

　と、看護師長は、微笑した。


　神山は、病院の待合室で、時刻表を借り、東京行きの直通便に何時の飛行機があるか、調べてみた。

　一日の飛行便である。

長崎	→	羽田
7:50		9:25
8:35		10:10
9:25		11:00
10:10		11:45
11:05		12:45
12:20		13:55
12:45		14:20
13:55		15:35
15:20		16:55
15:30		17:10
16:45		18:25
19:15		20:55
20:25		22:00
21:10		22:45

　かなりの便数である。

　現在、一五時（午後三時）一二分だから、一六時四五分の便に乗ることにした。

　タクシーを呼んでもらい、車が来るまでの間に、神山は、佐々木社長に電話した。

「松本さんはもう辞める人間ですが、今の状況をお知らせします。東京の奥さんが倒れたと知らされて、急遽《きゅうきょ》、飛行機で、東京に帰ったようです」

「松本の奥さんが倒れたって？」

「そうです」

「その奥さんなら、私の傍《そば》にいるぞ」

「本当ですか？」

「松本君が、退職するので、ささやかだが、退職金を払うことにして、今、奥さんが、受け取りに見えているんだ」

と、社長が、いう。

「今、彼は、東京行きの飛行機の中だと思います。奥さんから、連絡させてくれませんか？」

と、神山は、いった。

「何か、心配なのか？」

「何か気になるんです」

「飛行機の中の乗客に、連絡は無理だろう。長崎から羽田《はねだ》まで、何時間だ？」

「一時間半です」

「じゃあ、その頃に、松本君の奥さんに電話させよう。君は、いつ帰って来るんだ？」

「今、タクシーを待っているので、来たら、まっすぐ、長崎空港に行き、なるたけ早い便で、帰るつもりでいます」

と、神山は、時計を見ながら、いった。

タクシーが、来たので、神山は、乗り込んで、空港へ急いだ。

第三章　京都《きようと》へ

1

神山は、タクシーで長崎空港に向かった。

松本を含めた五人の男女、彼らは長崎空港から東京に向かったはずだからである。とにかく神山は、もう一度、松本と話がしたかったのだ。

社長には休暇届を出してあるので、会社に行く必要は、なくなった。その代わり、本気で、松本たち五人と、話をしたかったし、グループのことも、知りたかったのである。

長崎空港に着いた。

神山の予想した便は、すでに出発してしまっていた。そこで、神山は、空港のカウンターに行き、一便前に出発した羽田行きの航空便について、そこにいた女性職員に、

「私の友人が乗っているはずなのですが、大事な伝言を忘れてしまったので、彼が乗っていたかどうかを教えてもらえませんか？」

自分の名刺を見せてから、松本信也の名前をいった。

カウンターにいた女性職員は、乗客名簿を調べていたが、

「その便には、松本信也さんというお名前の方

は、搭乗されておられないようですが」

という答えを返してきた。

国内便だから、パスポートを見せる必要はない。だから、偽名を使ったのかと、思いながら、

「他に四人の友人も乗っているはずなんですよ」

木下功、中島秀文たち四人の名前をいってみた。

しかし、返ってきた答えは、

「そういうお名前の方も、搭乗されておられません」

というものだった。

すでに空港のロビーには松本たちの姿はない。羽田行きの便に搭乗したことは間違いないのである。

神山が考え込んでいると、カウンターの女性が、

「ひょっとすると、その方たちは、東京・羽田行きではなくて、大阪行きの便にお乗りになったのではありませんか？　今おっしゃった名前の方が、大阪行きの便にお乗りになっていますが」

と、いってくれた。

(騙《だま》された)

と、神山は、思った。

たぶん彼らは最初から羽田に行くつもりはなくて、大阪に行くつもりだったのだろう。ただ、神山に付きまとわれるのが嫌《いや》なものだから、一芝居《ひとしばい》打ったのだ。東京で松本の妻が倒れ

たというので、すぐに、東京に帰らなくてはならないというのは、やはり、芝居だったのだ。四人のうちの誰かが外から電話をし、医者や看護師長に向かって、東京で松本の奥さんが倒れたという芝居を打ったに違いない。

松本たちは、神山が追いかけてくるのを予期して、東京に向かったと思わせておいて、実は大阪行きの便に、乗ったに違いないと思った。

「大阪行きの便に乗ったというのは、間違いありませんか?」

神山は、念を押した。カウンターの女性職員は、

「大阪行きの便にお乗りになったのは間違いありませんけど、本当の行き先は、京都だと思います」

と、いった。

「どうして、そう思うんですか?」

「こちらに来て、お一人が、京都に行きたいのだが、京都行きの便というのはなかったねと、いわれたのです。それで、大阪に行き、大阪から列車か車を使って京都に行くのが一番近いルートですと、答えたところ、四人の方は、大阪行きの搭乗券を買われて、大阪行きの便にお乗りになったんです」

「五人が京都に行きたがっていたのは、間違いないのですね?」

神山が、念を押した。

「ええ、京都に行きたいとおっしゃっていたのは、間違いありません。残念ながら京都には空港がありませんので、大阪まで飛行機で行っ

て、大阪からは鉄道か車を使って行かれたらいいと、そうお話ししたのも間違いありません。でも、あの様子では、最初から大阪行きの便に、乗られるつもりだったようですよ。京都には空港がなかったねと、笑いながらおっしゃっていましたから」

と、女性職員が、いった。

「なぜ、五人が京都に行きたいのか、理由はいいましたか？」

と、きくと、女性は、笑って、

「そんなことを、私におっしゃるはずはないでしょう」

と、いった。

そこで神山も同じく大阪行きの便に乗ることにした。彼の行き先も、もちろん大阪ではなくて、京都である。

（京都に行って、何とかして五人を捕まえたい。彼らが何をやっているのか、それを聞いてみたい）

と、神山は、思っていた。

松本たちを追いかける形で、神山は大阪行きの飛行機に乗った。

大阪空港に着くと、新大阪の駅に行き、新幹線で京都に向かった。京都まではわずか一五分の距離である。あっという間に京都駅に着いた。

この日は、駅前のビジネスホテルにチェックインした。

ホテルの中のカフェに入り、コーヒーを注文してから、松本たちが、何をしに京都に来たのかを考えてみた。

彼らは、長崎で長崎の歴史、特に幕末から明治にかけての長崎について独自の話を作り上げていた。イギリス人の武器商人グラバーについて、彼の知られざる野望について話をしていたのだ。

その頃、イギリス政府は、日本に香港のような租界《そかい》を作ろうと考えていた。その候補地が長崎だった。そんな話を、松本たちは、いや、松本の仲間の木下がしていた。

神山が知っている幕末の長崎についての話とは、全く違っていた。どうやら連中は、そんな真新しい話を作り上げては喜んでいるように見えた。おそらく、この京都でも同じような推理を、五人で披露しようとしているのだろう。ただし、この京都には、グラバー邸はないし、グラバーが、京都にいたという話もない。

だとすれば、松本たちは、この京都に来ていったいどんな話を作ろうとしているのだろうか？　グラバーではないとすればと考えてから、神山は、坂本龍馬という名前を、思い出した。

長崎でグラバーの野心、イギリスの野心について話した時、それを阻止《そし》したのは坂本龍馬だと連中は話をしていた。その坂本龍馬は、この京都で、命を落としている。

連中は京都に来て、京都での坂本龍馬について調べ、新しいストーリーを完成させるつもりかもしれない。

少しずつ、神山の頭が回転していった。

連中が話をしていたのは、イギリスの野心についてであり、グラバーの野心でもあった。長崎では、グラバーに対する坂本龍馬のことをあれこれ話していた。

（そうだ、坂本龍馬なのだ）

と、思った。

坂本龍馬は、土佐を出奔《しゅっぽん》して、まず京都に行き、そこから江戸に行き、そこで勝海舟《かつかいしゅう》に会い、彼の助けで長崎に行って、亀山社中、すなわち、海援隊を作り上げた。

神山も、少しは、幕末の日本について本を読んだり、ドラマを見たりしている。考えてみれば、彼は高知《こうち》、長崎、そして京都、その三カ所で活躍し、命を落とした。そういう侍《さむらい》だと思っても間違いではないだろう。

その坂本龍馬は高知、土佐藩の人間なのに、なぜか長崎に、やたらに銅像が建っていた。もう一つ、長崎では路面電車で龍馬が活躍した場所や、彼の銅像を見て回ることができた。

この京都にも路面電車がある。純粋な路面電車とはいえないが、嵐電《らんでん》である。あの電車は、途中で路面電車になり、嵐山《あらしやま》に向かっていく。松本たちは、嵐電に乗ったのだろうか？それとも、京都市内にある坂本龍馬の銅像や、墓石を見て回っているのだろうか？

神山は、何年か前、京都に来たことがあり、その時に嵐山まで嵐電に乗ったことがある。しかし、京都市内で坂本龍馬の足跡を追ったことはない。

そう考えて、翌日は、まず、京都市内にある坂本龍馬の墓に行ってみることにした。行き先は東山《ひがしやま》の高台寺《こうだいじ》のそばにある護国《ごこく》神社である。そこに坂本龍馬の墓があることは、よく知られていた。龍馬の命日には、多くの若い男女が、護国神社にある龍馬の墓にお参りするという。

そこで、神山は、バスで護国神社に向かった。

相変わらず京都の町は観光客であふれている。神山が驚いたのは、外国人の多さだった。前に、彼が京都に来た時も、外国人は多かったが、しかし、どこか、遠慮がちに歩いていた。

それが今は、外国人のほうが日本人観光客よりも、嬉《うれ》しそうに歩いている。それに、この京都も、中国人の観光客が、多くなった。

高台寺でバスを降りて坂を上り、護国神社に入っていく。ここは、市中よりも若い男女の姿が多い。京都でも、やはり坂本龍馬はいちばんの人気者なのだろう。

坂本龍馬の墓のそばには、同じ時に命を落とした中岡慎太郎《なかおかしんたろう》の墓もあった。その二つの墓を取り囲むようにして、若い男女が集まっていた。和服を着た女性も多い。もちろん遠くから和服姿で京都に来たのではなくて、京都に来て、貸衣装をつけたのだろう。

観光客は、近くの霊山《りょうぜん》歴史館に向かって歩いていく。そこでは今、「西郷隆盛《さいごうたかもり》と坂本龍馬展」をやっていた。

松本たちは、ここにも来たのではないかと、神山は思い、入ってみることにした。

ＮＨＫが、大河ドラマで西郷隆盛をやっているので、「西郷隆盛と坂本龍馬展」をやっているのだろう。

館内に入ってみると、それほどたくさんの関係品が展示されているわけではなかった。西郷隆盛の書が多かった。

坂本龍馬のほうは、例の和服に革靴《かわぐつ》という有名なスタイルの大きな写真が飾られていて、結果的には西郷隆盛と坂本龍馬の二人が明治維新を完成させたといった話が紹介されていた。

長崎で、連中が話していたイギリスの野心、実現しようとしたグラバーの野心と、それを、坂本龍馬の力を使って阻止しようとした西郷隆盛のことなどは、一行も出ていなかった。

もし、ここに松本たちが来ていたら、どんな反応を示したのだろうかと、神山には、そのほうに興味があった。

松本たちの姿が見つからないので、神山は、歴史館を出ると、今度は、坂本龍馬と中岡慎太郎が斬られた、近江屋《おうみや》に行ってみることにした。連中も、京都では、坂本龍馬の足跡を追っているに、違いないと考えたからである。

近江屋を見たり、新選組《しんせんぐみ》が屯所《とんしょ》を作っていたという壬生寺《みぶでら》にも行ってみた。しかし、一向《いっこう》に松本たちには会わない。

仕方なく、いったんホテルに戻り、部屋に入ってテレビをつけてみると、ＮＡＧＡＳＡＫＩクラブという五人組のグループが、護国神社に近い歴史館の責任者に向かって、西郷隆盛と坂本龍馬の関係について論争を挑《いど》んだ、ところが、それがあまりにも突飛《とっぴ》な話なので、歴史館の責任者は、困惑《こんわく》の色を隠せなかったという、そんな話題について突然、アナウンサーが紹介を始めたのである。

やはり、あの歴史館に、松本たち五人は、行っていたのだ。昨日の、閉館近くだったというから、たぶん、神山がもっと早く、松本たちの動きを追えていれば、会えたかもしれなかったのだ。

神山はもう一度、霊山歴史館に行ってみることにした。受付では、リサーナジャパンの名刺を出し、昨日やって来た松本たち五人について、話を聞きたいと頼んだ。

「実は私は、彼らのでたらめで、いい加減な歴史解釈に腹を立てているんです。前々から」

と、わざと、大げさにいってみると、霊山歴史館の責任者は、喜んで会ってくれた。

応接室に通され、抹茶《まっちゃ》をふるまわれてから、平松《ひらまつ》という館長が会ってくれた。

「実は昨日、閉館間際《まぎわ》になって五人の方が、見えましてね、西郷隆盛と坂本龍馬との関係は、ここに書かれているようなものではない。二人の関係は、もっと事務的なものであって、坂本龍馬は西郷隆盛の力を利用し、西郷隆盛も、坂本龍馬の実行力を利用した。そういう関係であったと、いきなりいうんですよ。たしかに、そういう一面もあったかもしれませんが、私たちは、歴史的に確認された関係をいっているのであって、想像に過ぎないでたらめをいっているわけではないと、反論しました。ところが、五人で、さまざまな話を口にしましてね。私の返事を聞きたいというのですよ。幸い閉館時間が来たので帰ってもらいましたが、明日、つまり今日のことですが、夕方に、また、私の答えを聞きに来るといっておりました」

「連中は、どんな話をしたんですか？」

と、神山が、きいた。

「あの人たちがいうには、全てが長崎で決したというのです。明治維新も大政奉還《たいせいほうかん》も列強諸国とわが国との関係も、全て長崎で決したといいましてね。その理由を延々と話すんですよ。たしかに、中には納得できるものもありましたが、全くのでたらめだと思うしかない話がいくつもありました」

「長崎で武器商人をやっていたグラバーについても、話したんじゃありませんか？」

「ええ、そうなんですよ。グラバーという人間は、ただ単に武器を売るために日本にやって来たのではない。そういうのですよ」

「長崎に香港のような租界を作ろうとしていた。彼らは、そういったんじゃありませんか？」

「その通りです。しかし、長崎という町は、出《で》島《じま》も含め、幕府の直轄《ちょっかつ》でしたし、そもそも薩摩藩ではなく、佐賀《さが》藩というか鍋島《なべしま》藩が警備を命じられていました。そう反論すると、向こうは、フェートン号事件のことを持ち出してきましてね」

と、いった。

「フェートン号事件というのは、どういう事件ですか?」

と、神山が、きいた。

「一八〇八年に長崎で起きた事件です。この年、イギリスの軍艦フェートン号が、オランダの国旗を掲《かか》げて長崎港に侵入して、オランダ商館員を人質にとり、食料や水、航海に必要な燃料などを奪っていったんです。イギリスの軍艦がそんなことをしたのは、ヨーロッパでナポレオン戦争があり、オランダはフランスに占領され、植民地もフランスの影響下にあったのですが、イギリスとナポレオン連合軍が戦って、イギリスが勝ったからです。しかし、イギリス軍艦の侵入を防げなかったのは、長崎奉行《ぶぎよう》の責任ですから、長崎奉行は責任を取って切腹しました。その後はイギリス船の長崎への接近が多くなりましてね。その上、長崎は佐賀の鍋島藩が警備していたのですが、このフェートン号事件の失敗で長崎に対する影響力が急速に衰《おとろ》えていって、代わりに、薩摩藩の影響力が強くなったのです。何といっても、佐賀藩は三五万石ですが、それに対して薩摩藩は七七万石ですからね。力が違いすぎます。今もいったように、西郷隆盛なんかが長崎について勝手気ままにふるまうようになっていった。当然、西郷隆盛と親交のあった坂本龍馬も長崎にやって来て、西郷隆盛の力を借りて、例の亀山社中を作って英国との商売を始めました。フェートン号事件の前は、オランダの商人なんかが、交易のために長崎を使っていたのですが、その後は、幕府が長崎を開港したため、薩摩藩の西郷隆盛などが長崎に来て、イギリス人のグラバーなんかとも武器の購入のために平気で、つきあったりしていました。これは、歴史的に見て事実だと、思いますから、その件についていては、私にも不満はありません。

問題は、そのあとです。今、あなたが、いわれたように、連中は、こんなふうにいうのですよ。ヨーロッパでナポレオン戦争に勝利したイギリスは、日本にも進出してきて、ポルトガルやオランダの勢力を追い払って、長崎を舞台に大藩《たいはん》の薩摩藩と武器の取引などを始めた。薩摩藩の西郷隆盛がグラバーに頼んで、長州藩が必要としていた鉄砲七〇〇〇挺を長州藩に、売却したりしていました。これも、歴史的な事実です。その頃、江戸の徳川《とくがわ》幕府も新式銃を手に入れようとして、こちらはフランスの商人と、取引をしています。それまで日本の侍たちが使っていたのは、いわゆる、種子島銃《たねがしまじゅう》で、連発は利《き》きませんし、火縄銃《ひなわじゅう》ですから、雨が降れば、使えなくなってしまいます。これでは、薩長には勝てない。そこで、フランスから、元ごめのスペンサー銃を買い込み、その上、フランス式の洋式訓練を始めました。こうした情報が、長州にも薩摩にも聞こえて来ますから、こちらは、イギリスから新式銃や大砲、軍艦の購入を急いだ。それを斡旋《あっせん》したのが、長崎にいた商人のグラバーです。これも歴史的事実ですから、こちらにも文句はありません。問題は、その時、薩長の弱みにつけ込んで、イギリス政府は、薩摩藩に対して、長崎の一部をイギリスに割譲《かつじょう》せよと、要求したというのです。

当時のイギリス公使オールコックが、要求し、それを、薩摩藩に伝えたのは、武器商人グラバーだったというのです。もちろん、形としては、日本政府、つまり、江戸幕府に要求したわけですが、当時、長崎で強い力を持っていたのは、薩摩藩ですから、グラバーが要求したのは、薩摩藩に対してであり、西郷隆盛だったことになります。両藩は、困惑します。この要求が、通らなければ、新式銃や大砲は、薩摩藩にも長州藩にも売却しない。そういって、グラバーは薩摩藩というか、当時、薩摩藩を代表していた西郷隆盛を脅《おど》かしたというのです。

もし、イギリス人から新式銃、大砲、軍艦などを買えなければ、徳川幕府はフランスから大量に新式銃を購入していますから、そのまま幕府と薩長が戦うことになると、間違いなく薩長は負けることになる。新式銃の威力は、それほど、すさまじいものだったからです。しかし、その要求を薩摩藩も西郷も拒否することができません。新式銃が手に入らなければ、間違いなく徳川幕府に、薩長とも敗北することは間違いなかったからです」

「しかし、そんな話を、聞いたことがありませんよ。長崎が、イギリスの租界になりかけたという話もです」

と、神山が、いった。

館長は、頷《うなず》いて、

「私も、そんな話を聞いたことがないと、いったのです。そうすると、連中は、証拠があるというのです」

「どんな証拠があると、いっているんですか？」

「対馬《つしま》事件というのを、ご存じですか？」

「いや、知りませんが」

「ロシアの軍艦が、対馬を占領したことがあるのです。不法侵入し、食料、水、薪《まき》などを奪い、その上、農民を射殺したのです。当時の外国奉行小栗忠順《おぐりただまさ》が、視察に対馬へ行ったのですが、追い払われてしまいます。当時の日本には、ロシアを追い払う力がなかったのです。困った徳川幕府は、イギリスの力を借りて、ロシアの軍艦を追い払ってもらうことにしたのです。これは、成功して、ロシア軍艦は退去しました。ここまでは歴史的事実です」

「その先の歴史について、連中は、勝手なことを主張したんですね？」

「ロシア軍艦の追放には、成功しましたが、今度は、イギリスが、ロシアを追い払った報酬《ほうしゅう》を要求したというのです。当時、箱館《はこだて》（函館）のイギリス領事ホジソンが、幕府との交渉に当たっていたが、このホジソンは、前に長崎領事をしていたことがあって、長崎の重要性に気がついていた。そこで、最初は、『イギリスは、対馬を支配すべきである』としていたのだが、そのあと、外務大臣のラッセル宛《あて》に、『今、もっともイギリスに必要な地は、長崎である。長崎を手に入れれば、日本を支配できる』と報告しているというのです」

「本当なんですか？」

「わかりません。現在のイギリス本国に問い合わせても、日本との関係が悪化するのを心配して、否定するでしょうから」

「連中は、長崎に、どんな歴史的経過があると、いっているんですか？」

神山は、ここは、自分の個人的な興味で、きいた。

「イギリスは、長崎を第二の香港にして、それを入口にして、日本を支配しようとしていた。当時のイギリス領事ホジソンは、『長崎をペリム島にすることができれば、アメリカ、ロシア、フランスに対して、日本での利益を独占できる』と書いているというのです」

「ペリム島ですか？　香港じゃないんですか？」

「似たような価値のある島です。紅海《こうかい》からアデン湾への出口にあるイギリス領の小島です」

「しかし、長崎は、島じゃないでしょう？」

「そうです。だから、長崎の南部の台地を、租界にし、塀《へい》をめぐらし、要塞《ようさい》にする。今のグラバー邸のある高台です。そこに、グラバーだけでなく、フレデリック・リンガー、ロバート・ニール・ウォーカー・ジュニアといったイギリス商人を住まわせ、兵士も常駐させる計画だったというのです」

「私も、長崎の町を見て来ました。グラバー邸もです。確かに、高台にあり、長崎の港を一望できます。ただ、港とは、離れています」

「それで、グラバーは、港から、租界の予定地まで、鉄道を走らせることにしたというのです」

「日本最古の鉄道ですね。記念碑を見て来ましたよ」

「日本政府、薩摩藩が、返事を引き延ばしていると、イギリスの代表者のグラバーは、さっさと港から、グラバー邸の近くまで、鉄道線路を敷き、イギリスから持ち込んだイギリス製の機関車『アイアン・デューク（鉄の公爵《こうしやく》）号』で、港から、新式銃や、大砲などを、運び始めたのです。黙認していれば、長崎の一部に、要塞が出来上がり、実質的に、長崎が、第二の香港になってしまう。といって、イギリスと戦争はできない。それどころか、予想される幕府軍との戦いのために、グラバーから、新式銃を、大量に購入しなければならないのです。


といって、薩摩藩が、武力で、阻止できない。西郷は考えた末に、土佐藩を脱藩《だつぱん》して、現在浪人中の坂本龍馬と、亀山社中の人間を使うことにしたというのです。亀山社中は、全員、浪人ですからね。どこの藩士でもない坂本龍馬は、商売に使っていた軍船に、長距離砲を積み込み、グラバーが、物資を移送するために敷設《ふせつ》した六〇〇メートルのレールと、機関車を破壊することに決めたのです。もちろん、西郷の依頼でです。一八六五年の九月の夜です。この時、坂本龍馬三〇歳です。坂本龍馬は、軍艦を長崎港のグラバー邸の見える場所にとめ、長距離砲を使って、一斉《いつせい》射撃を加え、たちまち、レールは、吹き飛び、機関車は、破壊されてしまったといいます。夜明け前に、引き揚《あ》げ、坂本龍馬は、長崎の花街《はなまち》で、酒を飲んでいたといいます。
　その日、薩摩藩は、全く動いていませんか
ら、グラバーは、怒りの矛先《ほこさき》を、どこに向けて
いいかわからない。それでも、グラバーは、イ
ギリス公使の命令を受けていますから、再度、
レールを敷き直し、機関車を国から運び直し
て、長崎を第二の香港にしようと、企《たくら》んだので
すが、坂本龍馬は、軍艦を動かし、今度は高台
にあるグラバー邸を狙《ねら》って、射《う》ち込みました。
そのため、グラバーは、すっかり怖《お》じ気《け》づき、
イギリス公使に、長崎を第二の香港にすること
は無理であり、武器を売りつけるほうが、イギ
リスにとって、利益があると説得しました。そ
のため、イギリスの野望は、達成できず、長崎
は、第二の香港にならずにすんだのです。
　ＮＡＧＡＳＡＫＩクラブの、あの五人です
が、彼らにいわせると、明治維新に対して、坂
本龍馬の功績は、ほとんど、ゼロである。『船《せん》
中八策《ちゅうはっさく》』も、龍馬が作ったものでなく、薩長
連合も時代が要求したものだ。それより、歴史
に現われない功績が大きい。それが、長崎が、
イギリスの租界になるのを、二度にわたって軍
艦を使って砲撃し、よって、阻止したことであ
る。それを頼んだ西郷隆盛が、明治維新の第一
の功労者と、坂本龍馬を持ち上げたというので
す。
　といって、グラバー邸を攻撃したり、わが国
の鉄道発祥《はっしょう》とされる、機関車を破壊したこと
は、公《おおやけ》にできませんから無理矢理、大政奉還

とか薩長連合などを、坂本龍馬の功績だとウソをついて持ち上げた。あの五人は、それが正しい歴史だというのですよ。その主張を書いたものを、置いていかれましてね。その返事を聞きに来るといっていたから、今日も閉館間際に五人で押しかけて来るものと思います。それが歴史的事実だといわれても、簡単に追い返すことができません。何しろ幕末から明治維新にかけては、変動に次ぐ変動の時期でしたからね。西郷隆盛が本当は何をやったのか、坂本龍馬の功績というのは、本当はどういうことだったのか、今となってははっきりしないことのほうが多いのです。そうなると、声の大きなほうが歴史を作ってしまいかねないから、正直なところ困っているんですよ」

館長がいったとおり、閉館近くなって、松本たち五人が、やって来た。

館長は、隣の部屋に隠れて、話を聞いてくださいと神山にいってから、五人を迎えた。

神山は、いわれたとおり、小部屋から、耳を澄ました。

館長と五人の交《か》わす声が聞こえる。神山は、ボイスレコーダーを取り出し、スイッチを入れた。

2

五人は、前日、館長に話したという歴史観を、今日も、声高《こわだか》にぶつけている。自信満々な声だった。

館長も、時々、反論している。彼の主張は、神山も知っている常識的な歴史観である。が、聞いていると、弱々しい。五対一のせいもあるが、こういう話になると、独断的な主張のほうが、元気のあるものなのだ。

確かに、イギリスが、日本への入口として、長崎の一部を、第二の香港にすることを考え、グラバーが、薩摩藩の西郷隆盛に、要求したという話は、面白い。

館長は、すぐには反論せず、五人の話を、黙《だま》って聞いている。それをいいことに、五人のほうは、声を大きくする。館長を、説《と》き伏《ふ》せようとする。

「イギリスはアヘン戦争に勝利して、一八四二年に香港を手に入れました。坂本龍馬は一八三五年生まれですから、彼が脱藩して、長崎で、亀山社中、のちの海援隊を作った時には、香港のことは、知っていたわけです。同じ頃、長州の高杉晋作《たかすぎしんさく》が、幕府の船で、中国に行き、そこで、列国に侵略されている有様《ありさま》を見ています。もちろん、香港を、イギリスが、手に入れたことも知っていて、このままでは、日本も危ないと感じて帰国したといわれています。そのあと、高杉晋作は、坂本龍馬に会って、このことを伝えたはずです。なぜなら、晋作は、中国で拳銃を二挺手に入れ、その一挺を、護身用として、龍馬に提供しているからです。この時、晋作が、香港のことを、龍馬に話したはずなのです。イギリスの植民地支配のやり方です。その国全体を支配するのではなく、その国の入口を、割譲させ、押さえてしまうのです。紅海からアデン湾への出口にあるペリム島をイギリス領にしたことに、よく表われています。

当時、日本の世界への出口、そして入口でもあったのは、長崎ですから、龍馬や晋作は、長崎が第二の香港になるという危惧《きぐ》を持っていたのかもしれません。今も、お話ししたとおり、イギリスは、一八四二年に香港を手に入れ、一八六〇年に、対岸の九龍《クーロン》半島も手に入れました。この経過を、龍馬たちは、見ていましたから、イギリスが、グラバーを使って、長崎を割譲するように要求して来た時、予期していた危機がやって来たと、受け止めたはずです。もちろん、グラバーは、薩摩藩と、西郷隆盛に対して、要求して来たので、浪人で、脱藩者の龍馬に、要求したわけではありません。グラバーが、取引材料にしたのは、新式銃、大砲、軍艦といった武器です。グラバーが、武器商人だからです。

薩長と幕府の間に、戦争が起きることは、必至《ひっし》でした。その勝敗は、どちらが新しい武器を手に入れるかに、かかっていたし、江戸幕府が、フランスから、大量の新式銃を、購入していることは、わかっていましたから、薩摩藩と、長州藩が、それに対抗できるだけの新式銃を手に入れなければ、幕府軍に勝てないことは、わかっています。それを売ってくれるのは、グラバーだけです。だから、イギリスと、その意《い》を体《たい》するグラバーは、武器を脅しに使ったのです。もちろん、その目的は、長崎を、第二の香港にして、そこを使っての日本支配だったことは、明らかです。イギリスは、そうした植民地支配の方法を使って、アジアに進出してきたからです。

その頃の日本は、天皇と将軍の二人がいて、その二派に分かれての戦争の危機が、叫ばれていました。どちらも、新式銃、洋式銃を欲《ほ》しがっていて、それを利用して、各国は日本に食い込もうとしていました。そんな競争の中で、イギリスは、今までと同じ形の植民地政策を取ろうとしていたのです。昨日、申し上げたように、当時のイギリス公使オールコックは、外務大臣ラッセルに、『われわれは、日本に対しては、対馬と長崎を、アデン湾の出口、ペリム島を、イギリス領にしたように、イギリスが支配すべきであるが、その方法は、民間人を使って、表向き穏便《おんびん》に進め、各国の反対を招かぬことが、必要である』と、報告しているのです」

「イギリスが、そんな政策を取っていたという証拠があるのですか？」

と、館長が、やっと、反論した。

「イギリスの対外政策というのか、植民地政策は、当時も、今も変わらないのです。古典的といっても、いいと思います。つまり、全体を支配しようとせず、入口（出口）を、イギリス領にして、押さえる方法です。そのやり方は、香港で一度、成功しているので、その方法を、日本に対して使わなかったとは考えられないのです。

それは、太平洋戦争が終わった時でも、はっきりと現われています。この時、日本軍は香港を占領していました。イギリスはアメリカとともに戦勝国です。ですから、やろうと思えば過大な要求ができるのに、その時、チャーチルが要求したのは香港だけです。香港を元のように、イギリス領の租界地にしろ。チャーチルは、それだけしか要求していないのです。そして、講和会議では香港をイギリスに戻すためなら、どんなことでもする。もし、香港をよこさないのなら、私は全面抗争をする。香港を渡さないというのなら、私の屍《しかばね》を踏み越えて行けと、チャーチルは叫んでいるのです。これは、イギリスという国がアジアを征服しようとする時には今もいったように、その入口だけを手に入れる。そうしておいて、その入口から手を突っ込んで、全体を支配する。そういう植民地政策を取ってきたからで、ビルマ（現在のミャンマー）や、インドを独立させたあとでも、香港は手放していない。不思議ですが、それが、イギリスの古くからの政策なのです。

特に幕末の薩長は、繰り返し申し上げたように、幕府との戦いを控えて、どんなことをしてでも最新式の銃を大量に欲しかった。武器商人のグラバーは、その要求が通らなければ、武器を売らないと主張した。そうなれば、当時、長崎で力を持っていた薩摩藩は、イギリスの要求に従うしかなかったんですよ。ヘタをすれば、幕府に負けてしまいますからね。しかし、西郷隆盛としては、何としてでも長崎を香港のようにはしたくない。

そこで、われわれがいうように、脱藩して浪人生活を送っていた坂本龍馬を利用したのです。逆に、龍馬のほうから、困っている西郷に申し入れたのかもしれません。失敗しても、実行した坂本龍馬は薩摩藩の人間ではないし、それに、彼が作った亀山社中、海援隊は脱藩者の集まりで、薩摩藩とは何の関係もない。そう主張できますからね。結果的に長崎は、第二の香港にはならずに済みました。薩摩藩も坂本龍馬も、真相を明らかにしなかったが、長崎の人たちはちゃんと知っていたと思います。何しろ、長崎にグラバーが敷いた六〇〇メートルの線路や、あるいはイギリスから持ってきた機関車が、ある夜、突然の砲撃で破壊されてしまったのですから。当然、長崎の人たちは、あれこれと想像をたくましくしたに違いないのです。そして、真相に気がついた。それで、ひそかに、西郷隆盛に感謝し、坂本龍馬に感謝しているのですよ。

薩摩藩の藩士でもない龍馬の銅像が、彼が死んだ京都でもない長崎に、どうしてこんなにもたくさんあるのか。狭い長崎市内に、今でも、いくつもの銅像が建っているんですよ。中には、坂本龍馬が履《は》いていた革靴だけの銅像さえ、作られています。現在、薩長の手を結ばせたり、新政府について書いた『船中八策』などが、龍馬の功績として、語り継《つ》がれていますが、龍馬が実際に関わったという証拠は見つかっていないわけでしょう？　薩長連合についていえば、坂本龍馬より、中岡慎太郎のほうが、功績があったといわれているし、『船中八策』だって中岡慎太郎の創作だという声も、ありますからね。それなのに、長崎には、至るところに坂本龍馬の銅像が、建っている。それは、今もいったように、坂本龍馬の無鉄砲さが、長崎が第二の香港になることを防いだ。そのことに、長崎市民が感謝しているから至るところに、龍馬の銅像を建てているのです」

それに対して、館長が抗議をしている声が聞こえてきた。館長が話している。

「たしかに、この京都より長崎市内に坂本龍馬の銅像が多いことは、私も知っています。それは、坂本龍馬が、長崎で亀山社中（海援隊）を作り、明治維新の実現に功績があったからでしょう？　それに、坂本龍馬は、他の浪士たちに比《くら》べて、明るくて面白い。その人気で長崎に、たくさんの銅像が建っている。イギリスが長崎を第二の香港にするのを防いだから銅像が建っているのでは、ありません。グラバーが長崎を第二の香港にしようとしていることについて、西郷と話し合ったことは、おそらく一度もないはずです」

それに対して、五人に笑い声が生まれた。バカにしたような笑いだった。そして、さらに松本たちが主張する。

「イギリス政府が、かつて日本の長崎を第二の香港にしようとしたことについて、何もいわないのは当然でしょう。そんな話をすれば、日本政府や日本の国民を刺激し、怒らせるだけですからね。外交の常道からいっても、そんなマイナスになるようなことは話しませんよ。グラバーだって同じです。彼は、その後も引き続いて長崎で商売をやっているのですから。長崎を占領して第二の香港にしようと考えていたなどといったら、長崎で商売ができなくなりますからね。日本側の西郷や龍馬だって同じです。秘密は守って死んでいったと思いますね。イギリスについていえば、太平洋戦争が終わった後も、イギリス政府もチャーチルも香港を手放そうとはしなかった。

考えてみてくださいよ。太平洋戦争では中国も戦勝国の一つだったんですよ。イギリスなんかよりも長い間、日本と戦っていた。一〇〇万の日本軍を中国本土に引きつけて、移動をさせなかった。太平洋戦争に勝利した功績は、アメリカが第一、中国が第二ですよ。それなのに、蔣介石《しょうかいせき》も毛沢東《もうたくとう》も、香港返還は最優先にしなかった。それは、イギリスが強烈な意志を持って、絶対に香港を返さないと主張したからなんですよ。つまり、それだけイギリスという国の政府は、アジアを支配するのに香港という小さな窓口を、まず手に入れる。そうしておいて、全体を支配する。そうした政策をアジアに対して取ってきたからです。ですから、幕末のイギリスの政策では、中国の次は日本だと考えていたに違いありません。その候補地はイギリスが、窓口として使いやすい長崎だったことも間違いないのです。その野望を阻止できたのは、坂本龍馬という男が、長崎にいたことです。しかも浪人だから、何とでもイギリスに対して言い訳のできるところに坂本龍馬がいたのが幸運でした。そうしたことがあって、長崎は、第二の香港にならずに済んだのですよ」

五人の誰かが、叱《しか》りつけるように、館長にいっていた。

閉館時間がきて、五人が帰り、神山が顔を出すと、館長は、疲れ切った顔で、いった。

「聞こえましたか？」

「ええ、よく聞こえましたよ。ボイスレコーダーに録《と》りました。それにしても、連中は大きな声を出していましたね。それだけ自分たちの主張に、自信を持っているんだと思いますね」

と、神山は、続けて、

「それにしても、五人はなぜ、あんなに自説を繰り返しているんでしょうか？」

「われわれが拘《こだわ》るのは、日本という国を愛しているからだと、いっていましたがね」

と、館長が、いう。

「しかし、あの五人は、それほど日本を愛しているのでしょうか」

「今は、歴史が商売になる時代です。自分勝手な解釈でも、面白かったり、説得力があれば、本にもなるし、ドラマにもなる時代なんです。五人も、それを狙っているのではないかと思うのです」

「なるほど」

「たとえば、司馬《しば》史観といわれるものがあります。司馬遼太郎《りょうたろう》は、『燃えよ剣』という小説で新選組を書き、『竜馬がゆく』で、坂本龍馬を書いています。歴史的事実については、首をかしげる人もいましたが、作品が面白いので、映画になり、テレビドラマになりました。そうなると、面白いもので、司馬遼太郎が書いたストーリーが、歴史になってしまうのです。同じことは、『宮本武蔵《みやもとむさし》』を書いた吉川英治《よしかわえいじ》の場合にもあります。武蔵に、お通《つう》という恋人がいたとか、佐々木小次郎《ささきこじろう》との巌流島《がんりゅうじま》の決闘の、あらましは、吉川英治の創作ですが、大部分の人は、歴史的事実と思っているはずです。そうなれば、彼らの創《つく》った歴史が、金《かね》になるんです」

「面白いといえば、面白いですね」

「もう一つは、今までの歴史を、ひっくり返す快感じゃありませんか。私は、今は、歴史の破壊時代ではないかと思うことがあります。今、この歴史館で、『西郷隆盛と坂本龍馬展』を、やっています。私としては、この二人が明治維新を作り、近代日本を創ったと思っているのですが、ある日、『西郷隆盛は、武士道を知らぬ、ヤクザの親分だ』という人が現われましてね」

「ひどい人です。なぜ、そんなことをいうのか、聞きましたか？」

「もちろん、聞きました」

「それで、その人は、何といっているんですか？」

「西郷隆盛と勝海舟の二人が、江戸城無血開城で、江戸を救ったことになっているが、この話は、でたらめだと主張しているんです」

「本当に、違うんですか？」

「彼の説は、こうです。官軍の参謀が、英国公使パークスに会い、江戸攻撃で、傷病兵が出た時の病院の支援を頼んだところ、パークスが怒って、『恭順《きょうじゅん》を申し出ている徳川慶喜《よしのぶ》を攻撃することは、万国公法に反する』といって、追い返された。この報告を聞いた西郷は、これでは、とても江戸攻撃はできないと、覚《さと》ったというのです。つまり、この時に、西郷は、すでに江戸攻撃を諦《あきら》めていたので、江戸を助けたのは、西郷でも勝でもないというのです」

「それなら、なぜ、二人は、会ったんですかね？」

神山が、きくと、館長は、眉《まゆ》を寄せて、

「それが、ひどいことをいうのですよ。二人が、会った時、西郷は、こんなことを、いったに違いない。『江戸攻撃は中止になった。が、われわれは、何万人という軍隊を連れて来ている。給料を払う必要があるし、論功行賞《ろんこうこうしょう》も必要だ。金が必要だ。それを、どこから手に入れたらいいのだ？』とです。二人は、考えた末に、会津《あいづ》に眼をつけたのです。何としてでも、会津に官軍と戦わせて、その領地を手に入れ、それを、落としどころにすると、二人で、決めたんですよ。だから、会津が、いくら恭順の意を示しても、あれこれ、難癖《なんくせ》をつけて、戦争に引きずり込んだ。西郷は、そんな男だというのです」

「ひどいですね」

「そうした無茶苦茶な歴史観でも、面白がる人たちがいるんです。金になるんです。あの五人も、同じかもしれません」

「明日も、あの五人は、押しかけて来ると思いますか？」

「たぶん、来るでしょうね。私を説得して、自分たちの歴史観に箔《はく》をつけようとしていますから」

翌日、神山は館長の言葉が気になって、高台寺の坂の上にある歴史館に行ってみたが、今のところは、五人が来たような様子はなかった。

念のために、館長に会って聞いてみると、彼は、ホッとしたような顔で、

「まだ来ていません」

そういっている間に、館長の携帯電話が鳴った。電話に出た館長が、眉をひそめている。どうやら五人からの電話らしかった。

「わかりました。ええ、皆さんの主張は面白かったですよ。傾聴《けいちょう》に値《あたい》すると思いましたよ」

わざと薄っぺらな言葉を並べた後、館長は、電話を切った。

「連中からですか？」

と、神山が、きくと、

「そうですが、現在、博多《はかた》行きの新幹線の中だそうです。長崎に引き返すようです。もう一度、私と話し合いたいとも、いっていました」

と、いう。

神山は、少しばかり驚いた。

連中は、長崎に戻っていったい何をするつもりなのだろうか？　自分たちの主張をさらに大きく、そして強固なものにするために長崎に戻るのだろうか？

そんなことを考えながら、神山はふと、自分ももう一度、長崎に行ってみようかと思った。その決心がつかずに、もう一日、京都のホテルに泊まることにした。

その日の夜である。

テレビのニュースが木下功の死を伝えて、神山を驚かした。男の水死体が、京都の銀閣寺《ぎんかくじ》の近くを流れる疎水《そすい》に浮かんでいるのを観光客の一人が発見して、警察に通報したというのである。

警察で調べたところ、免許証から木下功とわかった。現在、警察は事故死、自殺、そして、他殺のいずれかを判断しようとして調べているという。

さらに午後一一時のワイド番組では、死亡した木下功は、京都のホテルSに四人の男女と一緒に昨日から泊まっていて、今朝早く、ほかの四人はホテルをチェックアウトしていったが、その時、フロント係は、もう一人の木下功がいないことに気づいて、四人に聞いたところ、木下は、昨夜遅く、祇園《ぎおん》に飲みに行くといって、一人で出かけて行ったが、今朝になっても帰ってこない。仕方がないので、彼を置いて京都を出発するが、ホテルに彼が戻って来たら、すぐにわれわれを追って長崎に来るように伝えてくれと、フロント係にいって、出発して行ったというのである。

京都府警は、疎水に浮かんでいた木下功の死体を、司法解剖に回した。その結果がニュースになったのは、翌朝の六時のことだった。

司法解剖を行なったところ、木下功の死体の胃の中には焼酎《しょうちゅう》が残留していた。そこで、警察は、前夜、飲みに行くといってホテルを後にした木下功が酔っ払って、疎水に落ちてしまって、溺死《できし》したのではないかと考えた。

問題は、死亡推定時刻だが、かなり長時間、疎水に浮かんで流れていたため、正確な死亡推定時刻が出てこないという。

そのため、警察は、事故死の可能性が強いと考えたが、殺人の可能性も捨てきれないと発表した。

「疎水に浮かんでいた木下功さんについては、昨夜、市内で飲んで、酔ったまま疎水の端《はし》を歩いている時、誤って疎水に落ち、そのまま溺死したものと思われるが、警察としては、彼と、行動をともにしていた四人の男女を見つけて、事情を、聞くつもりである」

四人の男女は、これから長崎に戻るという話をしていたというので、京都府警は、すぐ長崎県警に、連絡を取り、木下功が疎水で死んでいたことを告げた。

京都府警の話を聞いた長崎県警の刑事が、気がついたことがあった。それは、彼らが長崎で郷土史家と幕末や明治維新のことで論争をし、それが新聞に載《の》ったことである。

なぜ、連中は、長崎に戻って行ったのだろうか？　長崎における幕末と、明治維新について郷土史家と論争をした。そのことを同じ郷土史家と話し合いたくて戻って行ったのだろうか？

京都府警から、五人の一人、木下功という男が京都で死んでいたことを知らされたので、もし、四人に会ったら、まずその件について、聞かなければならない。

刑事たちは、前に、長崎に泊まっていた連中の写真を何とか手に入れ、そのコピーを大量に作って、市内の警察署や、交番に配った。もし、この中に、知っている顔がいたら、県警本部に知らせるように指示した。その効果があったのか、問題の四人の内、三人らしい人物が、グラバー園近くのホテルに、泊まっていることがわかった。

刑事たちが、すぐそのホテルに急行したが、三人はすでに、そのホテルをチェックアウトしていた。刑事たちは、フロント係やルームサービス係に集まってもらい、このホテルに泊まっている時の三人の様子を聞いた。

「別に変な人たちでも、変わったグループでもありませんでしたよ。もの静かで、どこかに、携帯をかけていましたが、その電話の後、三人の方が怒っているような気配は全くありませんでした。いつもニコニコしているような印象です」

「このホテルをチェックアウトした後、どこに行くのかというようなことは、話していませんでしたか?」

刑事の一人が、きいた。

「一応お聞きしたのですが、教えていただけませんでした」

「京都から来たことは、いっていたんです

ね？」

「そうです。一行の中の女性が、もう一度、長崎に戻ることになって、嬉しいと笑顔でいっていました」

と、相手が、いった。

まだ京都に残っていた神山に、歴史館の館長から急に電話がかかって来た。

「今、警察が来ていて、いろいろと聞かれているのですが、あなたに、証人になってもらいたいのですよ」

というのである。

よくわからないながらも、神山は急いで、高台寺の坂の上にある霊山歴史館に向かった。歴史館の前に、パトカーが停《と》まっていて、中では、二人の京都府警の刑事と館長が向かい合わせで座っていた。

館長は、神山の顔を見ると、ホッとしたような表情になって、

「例の五人がここにやって来て、私といろいろな話をした。その後、彼ら五人のうちの一人、木下功さんが、京都の疏水で死んでいた。その二つのことが関係あるかどうかを、刑事さんが聞きに来られたのですよ。私のいうことをあまり信用してくださらないようなので、それで証人として、あなたに、来てもらったのです」

と、いう。

二人の刑事は、じろりと神山を見た。その一人が、

「館長さんが、五人と歴史認識についていろい

ろと話し合った。われわれとしては、それで彼らを怒らせてしまい、それが事件の原因になっているのではないかと思っているのですが、彼らと館長さんとの話し合いというのは、どんな具合だったんですか？　館長さんの話では、あなたが奥の部屋で、それを聞いていたというのですが、本当ですか？」

「ええ、本当ですよ。歴史論争ですよ。よく聞こえたので、ボイスレコーダーに録音しました。もし、警察が必要だとおっしゃるのなら、提供してもいいですが」

と、神山が、いった。

「助かります。ぜひ、お借りしたいが、どんな様子だったのか、そのことから話してください」

と、もう一人の刑事が、いった。

「実は、木下さんには、長崎でも会っているんです。話をしました。とにかく連中は、私たちが読んできた、あるいは聞いてきた幕末や明治維新の歴史について、全く違った考えを持っているんです。困ったことに、五人とも自分たちの考える歴史認識が、正しいと決めつけています。ここでも連中は、自分たちの考えを主張し、それを館長さんに、承認させようとして、自然に激しい論争になってしまっていました。しかし、結局、話は平行線で、二日間、閉館間際に帰って行きました。三日目の昨日も来るんじゃないかと、館長さんは、おっしゃっていましたが、連中は、急に出発してしまったんです。長崎に戻るといって、新幹線の車内から館長さんに、電話をしてきました。もう一度、日本の幕末や明治維新について話し合いたいといっていたそうです」

「その時、五人のうちの一人の木下功さんが死んでいることを、あなたに、話したんですか？」

「いや。何もいっていませんでした。私も館長さんも、てっきり五人で、長崎に向かっていると思っていたんです。その中の一人が、京都の疏水で死んでいたことは、あとになって、テレビのニュースで見て知ったんです」

「館長さんも同じですか？」

「そうです。私も、五人が揃《そろ》って、長崎に帰ったものとばかり、思っていましたよ。まさか五人の中の一人が疏水で死んでいたなんて、全く、知りませんでした。だから、ビックリしているんです」

「連中は、ホテルSに泊まっている時に、木下功さんが、飲みに行ってくるといって、夜、一人でホテルを出て行ったきり帰って来なかった。こちらとしては、どうしても長崎に行かなくてはならない用事があったので、新幹線で先に出発してしまった。そんなふうに話しているそうです」

神山に、刑事がいった。

「それで、警察は、残りの四人に疑惑を持っているんですか？」

神山が、きく。

「今のところ、疑惑は強くありません。この五人は、一〇年前からグループを作って、日本の歴史について、いろいろと考えていたそうです。そういう連中が、突然、仲間の一人を殺すということは、なかなか考えにくいのです」

と、刑事の一人が、いった。

「しかし、彼らに、アリバイはないわけでしょう？」

「厳密《げんみつ》にいえば、アリバイは、ありません。しかし、連中の証言を、ひっくり返すことは難しいし、今もいったように、一〇年来の仲間の一人を、突然、疎水に、突き落として殺すようなことをするとは思えないのですよ。それに、こちらの館長さんが、連中と激しい論争をしたとすると、館長さんにも、動機があることになりますからね」

と、一人の刑事が、強い口調で、いった。

第四章　NAGASAKIクラブ

1

京都府警から、捜査協力の依頼が十津川《とつがわ》に来ていた。京都の疏水《そすい》に死体で浮かんでいた、木下功は、東京在住だった。その自宅捜査である。

事件には、木下を含めた、ある五人のグループがかかわっていること、その一人、松本という、リサーチ会社の元社員を追っていた、神山という同僚のことなども、知った。神山は東京に戻っていて、十津川は、連絡を取っていた。

木下功は、運転免許証から、東京郊外のマンションに住んでいたことがわかっている。

そこで十津川と亀井《かめい》は、二人でそのマンションに向かった。国分寺《こくぶんじ》近くのマンションである。一〇階建てマンションの八階に、木下功の部屋があった。

管理人に開けさせて、中に入る。２ＤＫの平凡な間取りである。

「管理人さんは戻っていいですよ。部屋の中の調べは、私たちだけでやるから」

と、十津川はいった。引き返そうとする管理人に向かって、

「もし誰かが来たら、この部屋の電話を鳴らし

てください」

と、付け加えた。

管理人が下へ戻った後、十津川は五人組の名前を書いたメモ用紙を取り出した。

「どうにも不思議なんだ。長崎や京都で警察がＮＡＧＡＳＡＫＩクラブという、歴史研究グループの五人組の名前を調べて、書き出している。不思議なことに、その中に木下功の名前はないんだ」

「そうなんです。私のメモにも木下功の名前はありません」

と、亀井も、いった。

中島　秀文
高橋《たかはし》　誠《まこと》
岩田　天明
北多村《きたむら》　勇《ゆう》
松本　信也

これが、今までにわかった五人組の名前である。確かにこの中に、木下功の名前はない。

「どうなっているんですかねぇ」

亀井が首をひねった時、部屋の電話が鳴った。誰かが訪ねて来たという管理人の合図だった。

十津川は、

「この部屋に入ってきたら、確保しよう」

亀井にいった。
二、三分して部屋の鍵《かぎ》を動かす音がした。ドアが開く。男が入って来た。入口の六畳の部屋、応接室に侵入したらしい。奥の部屋とのふすまを開けてその中に入って来たところを、十津川と亀井が両方から腕を摑《つか》んだ。中年の男である。三〇代か。

「誰なんだ？　ここは友達の部屋だぞ」

と、男が喚《わめ》いた。十津川たちはその男を強引にソファに腰掛けさせてから、警察手帳を突き付けた。

「警視庁捜査一課警部、十津川だ。君こそ誰なんだ？」

と、十津川が、きいた。

「この部屋に住んでいる、木下功とどういう関係なんだ？」

横から、亀井が、きいた。

「刑事が何をしてるんです、ここで」

と、男が、いった。

「捜査をしているんだよ。京都で起きた事件のね。君は、木下功とどういう関係なんだ？」

「友人ですよ、一〇年来の。一人暮らしなので、合鍵も預かってました」

「五人組がいたね。その中の一人か？」

「そうですよ。松本信也。一〇年来の木下功の友人ですよ」

と、いう。十津川は、メモに日を落とした。確かに、その中に松本信也という名前があった。

「君たちは、京都から長崎に戻ったはずじゃないのか？」

「他の三人は、長崎にいます。私はこの部屋の整理をして来るように頼まれたんだ。一〇年来の友人ですからね。それに、木下がなんで死んだのか、それも調べたい」

と、松本が、いった。

「こちらにもききたいことがある」

十津川はいい返してから、例の五人の名前を書いたメモを松本の前に置いた。

「これが、長崎や京都の警察が調べた君たち、NAGASAKIクラブのメンバーの名前だ。その五人の中に、どうして木下功の名前がないんだ？」

「まさか、今回木下功を殺して、彼になりすました人間がいるんじゃないだろうね」

亀井も声をかける。松本は笑って、

「そんな物騒《ぶっそう》なことはやりませんよ。刑事さんの持っているメモの中の二人は、ペンネームと芸名なんです」

松本は手帳を取り出すと、そこに書いてある高橋誠、中島秀文、岩田天明、北多村勇、松本信也と、五人の名前を見せてから、

「この、高橋誠が木下功のペンネーム。北多村勇も北村愛の芸名ですよ。他の三人は本名です」

と、少し得意げにいった。

「なぜ、そんなややこしいことをしてるんだ？」

亀井が、怒ったように、いった。

「木下功は、公務員でしてね。公務員は兼業禁止なんですよ。木下は副業で日本歴史について独自な解釈をして、それが面白いので、書いたものが売れるんです。作家です。だから、木下

功の本名じゃなく高橋誠のペンネームでエッセイや旅行記を雑誌に書いて、原稿料をもらっていたんです。税の申告は、ごまかしていたみたいですけどね」

「もうひとり、北多村勇というのは、まさかの女性か。確かに五人の中に女性が一人いると、京都府警から知らせて来た。どうして女性が、男みたいな名前の芸名を使っているんだ」

「今、刑事さんがいったように北村愛という女性で、木下と同じように公務員ですよ。だから、活動をする時には芸名を使っているんです」

「それでも、北多村勇というのは、男の名前じゃないか」

亀井がいうと、松本は笑って、

「刑事さんも古いですね。北多村イサムと呼べば男の名前ですが、北多村ユウと呼べば、女性の名前にもなるんです。彼女は、われわれ五人の中ではマドンナ的な存在でしてね。時々、女優になってアマチュアの演劇に参加したりもしているんです。しかし、別の名前でいろいろやっているのは、木下と北村愛の二人だけですよ。他の三人は、全《すべ》て本名で動いています。歴史をただすぶんには、本名だろうと、ペンネームだろうと、芸名だろうと、気持ちは、同じですよ。私たち五人は日本の歴史を変えたい。正しい歴史にしたい。そういう時には、ペンネームのほうがいいんです。日本の歴史解釈を大きく変える論文を雑誌に投稿したりする時に本名では、もし公務員とわかったら、間違いなく叱《しっ》責《せき》されますからね。北村愛だって同じです」

「ところで、君たちの目的は何なんだ？」

十津川が、きいた。

「それを話す前に、喉《のど》が渇《かわ》いたんでコーヒーを入れていいですか」

「この部屋でコーヒーを入れられるのか？」

「何回も来てますからね。コーヒーを入れる機械がどこにあるか、どうすればコーヒーが点《た》てられるのか、知っているんです。今日は突然、驚かされたんで喉がカラカラです」

松本はキッチンに行き、コーヒーを点て始めた。別に、警察を怖《こわ》がっている様子はない。十津川はしばらく待ってから、松本に話を聞くことにした。

コーヒーが点てられ、三人の分が用意された。十津川は、それを口に運んでから、

「もう一度、質問したい。君たちの目的は何なんだ？」

「新しい歴史を作るんですよ。戦争中も、平和な時だって、政治家や力のある者が、自分たちに都合のいい日本の歴史を作っている」

「君たちが、長崎や京都で何をしたかはわかっている。新しい歴史といったって、過去を変えられるわけじゃない。ただ、その解釈が変わっているだけだろう？」

「それが、大変なことなんですよ。十津川さんは、どこの生まれですか？」

「東京生まれの東京育ちだ」

「それなら、まあ、自分たちに都合のいい歴史が今の歴史だから、別に不満はないでしょう

ね。そちらの、亀井刑事さんは？　何となく東北の感じですが」

と、いった。亀井は笑って、

「私は青森《あおもり》生まれの仙台《せんだい》育ちだ」

「それなら、東北の、特に会津の人たちの怒りはわかるでしょう？　明治維新から現在まで、ずっと薩摩、長州、土佐、肥前《ひぜん》（佐賀）などの明治維新の勝ち組が作った歴史、それを延々と子供たちに教えさせられてきたんですからね。だから、今、明治維新一五〇年になって、会津の人たちは正当な正しい歴史を欲しがっているんです。私たちは、そういう人たちのお手伝いをしている。そんな気持ちでいるんですよ」

と、松本が、いった。

「しかし、きれいごとばかりじゃないだろう。何か利益があるからやっているんじゃないのか？」

と、十津川が、いった。すぐに返事はしなかったが、ゆっくりとコーヒーを飲んでから、松本が、いった。

「一億円の懸賞金がかかった賞があるんですよ」

「一億円の懸賞？　どんな賞だ」

「新しい歴史。納得できる歴史。それを募集しているところがあるんです。公《おおやけ》にはなっていませんがね。私たちのような、新しい歴史を作る会みたいなものは日本に幾《いく》つもあります。ここに来て、スポンサーが現われたんです。スポンサーについて詳《くわ》しいことはわかりませんが、今いったように、誰もが納得できる本当の歴史を書いたら一億円の賞金が出ることになっているんです。それで私たちも、一生懸命になって誰もが納得できる新しい歴史を考えて、応募しようと思っているんですよ」

と、松本が、いった。嬉《うれ》しそうだが、にわかには信じられない話だと、十津川は思った。

確かに、今年は明治維新一五〇年といわれている。その声が大きいが、その明治維新一五〇年に対して会津一五〇年、あるいは戊辰《ぼしん》戦争一五〇年。そういういい方のほうが正しいのだという声も上がっている。そうした空気は、十津川も感じていた。

「確かに、今までの日本の歴史は明治維新の時の勝ち組、薩長や土佐、肥前などの勝ち組が自分たちに都合のいいように作った歴史かもしれない」

と十津川はいい、亀井刑事は、

「確かに青森生まれで仙台育ちの人間から見ると、明治から今まで延々と、勝ち組の歴史を教わってきた。そういう感じはしないわけじゃありませんよ。しかし、どんな歴史が正しいのか、簡単にはわからない。会津の歴史といったって、新政府に負けたことは間違いないんですからね」

「木下功は公務員、役人だといったが、いったいどこの役人なんだ。地方公務員か」

と、十津川がきいた。松本はなぜか、ニヤッと笑って、

「地方公務員だったら、目につかなければ、ペンネームなんて使いませんよ」

「そうすると、中央省庁だね」

「そうですよ」

「文部科学省か」

「まあ、そんなところですね。木下は、いや高橋は」

と、いい直して松本が、

「彼は中央省庁にいたんで、何とかして日本の、今までの歴史を変えようと思っていたんです。実は、木下功は、福島《ふくしま》、会津の生まれ育ちなんです。それに、木下の先祖は、五百石《こく》のサムライで、会津戦争で、会津が、新政府軍に敗《ま》けたこと、明治政府に、下北《しもきた》の荒野に追いやられて苦労したことは、絶対に忘れられないと、いってましたよ。特に、長州への反感は、強いようです。それなのに、明治維新というと、薩長は官軍で、会津は賊軍《ぞくぐん》と教えられる。それが、口惜《くや》しくて仕方がないようでしたね」

「ここにきて、その気持ちが、少しはわかるようになってきたよ」

「だから、明治一五〇年を機に、今までの歴史の見方を変えたいと、ひそかに念じていたんだと思いますね」

「しかし、木下は、文部科学省の公務員だろう。公務員が、歴史修正主義的な執筆活動をするのは社会的に問題視されるだろう？」

と、十津川が、いった。

「だから、余計、彼は、口惜しかったと思いますよ。学校で、勉強するのは勝ち組の歴史ですから」

「しかし、君たちは、長崎では、グラバーの蒸気機関車と、坂本龍馬の問題を、あれこれ、いじくり回していたんじゃないのか？　イギリスが、長崎を香港のような植民地にしようとして、それを、坂本龍馬が防いだという話を作っていただろう？」

「あれは、本番前のアルバイトみたいなものです」

「長崎の歴史にも、懸賞がかかっていたのか？」

十津川が、きいた。

「歴史論文の募集です。懸賞金は五〇〇万円です。大問題の前に、資金が欲しいので、レースに参加したんです」

と、いう松本に向かって、

「しかし、君はリサーチジャパンという取材会社の社員で、長崎の取材をするために、長崎に行っていたんじゃないのか。長崎の路面電車と、グラバー邸の取材だ。その君が、行方不明になってしまったので、同僚の神山くんが、君を捜《さが》しに行ったことになっている。なぜ、君は、そんな真似《まね》をしたんだ？」

十津川が、きく。

松本は、小さく頭をかいてから、

「正直にいうと、私の本職は、五人組の夢のほうで、リサーチジャパンは、副業なんですよ。たまたま、社長から、長崎の取材を命じられましてね。それも、長崎の路面電車と、グラバー邸、それに、坂本龍馬というのだから、私たち五人の夢とぶつかってしまう。だから、私が、取材の途中で、行方不明になることにしたんですよ。もっともらしい取材写真をホテルに託してね。ところが、同僚の神山が、長崎に来たことがわかりましてね。彼は、妙にまじめなところがあるので、長崎中を捜し回るかもしれない。そうなると、私たちＮＡＧＡＳＡＫＩクラブの邪魔になりかねない。何とか、納得させて、東京に帰そうと、苦労しましたよ。そこで、木下功が、出て行って、神山を煙《けむ》に巻いて、帰京させることにしたんです」

「ちょっと待て。その時、木下功という本名を使ったのか？」

と、十津川が、きく。

「そのとおりです」

「神山を、煙に巻いて、東京に帰らせようとしたんだろう？　そんな時こそ、ペンネームの高橋誠を使いたいんじゃないのかね？」

「それは、駄目ですよ」

「どうして？」

「神山は、妙にまじめなところがあると、いったでしょう。神山が、木下功を怪しんで、身元を調べることも、考えられるじゃありませんか。もし、ペンネームの高橋誠を使って、本名じゃないとわかれば、神山に疑われて、警察に通報されるおそれもあります。そうなれば、大事なＮＡＧＡＳＡＫＩクラブが、警察にマークされかねませんからね。その点、木下功なら、神山が怪しんで調べても、文科省の役人とわかって、かえって信用するでしょう。だから、本名を使ったんですよ」

「君は、何者かに襲われて負傷し、入院したそうだね。それも、芝居なのか？」

と、今度は、亀井が、きいた。

「そこまで危険な芝居は、やりませんよ。あれは、たぶん、ＮＡＧＡＳＡＫＩクラブの一員の私が、私たちの歴史研究に反対するライバルに、狙《ねら》われたんだと思います」

と、松本が、答えた。

「もう一つ、ききたいのは、君の奥さんのことだ。確か、みどりさんと、いったね。みどりさんは、君が、長崎で負傷し、入院したといっても、驚いたり、あわてたりしなかったそうだ。あれは、どういう、ことなのかね？　冷静なのか、それとも冷たいのか、どっちなんだ？」

十津川は、きいた。

これにも、松本は笑って、

「みどりとは、正式に結婚していますが、急に、お互いを主張し始めた時がありましてね。その時に、協定を結んだんですよ。お互いに、協力し合う、利用し合う。その代わりに、料金を払うという協定です。その際は、妙な感情の動きは、出さず、全て、料金を支払うことで、納得するという決めにしました」

「そうすると、君が所属しているＮＡＧＡＳＡＫＩクラブのことを、奥さんは、知っているのか？」

「うすうすは、知っていると思いますが、お互いの領域には、踏み込まない約束になっています」

「奥さんのみどりさんも、何かのグループに入っているのかね？」

「入っているかもしれませんが、それがどんなものか、私は、知りません。知ろうとも思いません」

と、松本は、いう。

「そうすると、東京で、君の奥さんが倒れたという知らせで、君たちは動いた。あれも、芝居だったのかね？」

と、十津川が、きく。

「私にきくより、家内に電話して、きいたほうが早いですよ」

と、松本は、笑った。

今度は、十津川も、苦笑した。

「その必要はないな。奥さんが本当に倒れたのなら、君は、ここには来ないはずだからね。あれは、芝居だ。君たちが動いても怪しまれないための芝居だ」

「いい推理です」

「君の奥さんは、うまい芝居をするということかな」

「どうでしょうね」

と、松本が、いった。

「ところで、グループの三人が、長崎に残ったのに、君ひとりが、どうして東京の木下功のマンションに来たんだ？　ここで何をするつもりだったんだ」

と、十津川が、きいた。

「今いったように、木下も私たちも、明治維新を考え直そう、明治一五〇年を会津一五〇年の目から見た日本の歴史に変えようじゃないか。そういうことを考えていましたからね。敵も多いんです。それで木下が、高橋誠のペンネームでいろいろと雑誌に寄稿したりしているんですが、本名が木下功だということが、最近になってバレてしまった。そんな気がしていたんです。だから、木下が死んだとわかれば、ライバルたちはこのマンションに忍び込んで、彼が集めた歴史関係の書類などを、持ち去ってしまうんじゃないか。それで、そういった物を安全な場所に移そうと思って、私がやって来たんです」

「そうした資料が、この部屋にあるのかね？」

「ありますよ。ただし、その気になって探さなければ見つからないでしょうがね」

と、松本が、いった。

「木下功は、京都の疏水に死んで浮かんでいたんだが、それが殺人だとしたら、犯人に心当たりはあるのか？」

と、亀井が、きいた。

「今もいったように、私たちは、少数派で敵が多いですからね。私も、長崎で怪我をさせられたことが、あります。私たちの行動を、不愉快に思っている人たちも多いと思うんですよ。中でも文部科学省の役人なのに、文科省の方針に反対するようなグループに入っている木下や北村に対しては、他の三人以上に敵がいたと、思っています。だから木下は、京都で狙われたと考えているんです。しかし正直にいって、警察はあまり信用できませんね。十津川さんだって、今の歴史は間違っていて、明治維新一五〇年ではなく、戊辰戦争一五〇年だとは思っていないでしょう？」

「正直にいえば、この事件に関与するようになってからは、いろいろと、考えているよ。確かに、今までの歴史は偏《かたよ》っているかもしれない。だからといって、刑事の私は、殺人は見逃せないんだよ。もし、木下功が殺されたのだとしたら、君たちだって、捜査の対象になるよ」

と、十津川は、いった。

「私たちは、一〇〇年来の木下功、いや、高橋誠の友達なんです。今年は特にみんなで協力して、新しい歴史を、国家や国民に認めさせなければならない。そういう使命感を持っているんだから、大事な仲間を殺すわけがないじゃありませんか」

と、松本は笑いを消した顔でいった。

その時、松本の携帯が鳴った。

「失礼して、外で聞くことにします」

と、松本が、いう。

「われわれを信用できないのか」

亀井が、いった。

「今もいったように、私たちは、警察を信用していないんですよ。警察も、政府も、明治維新一五〇年という、そういう気持ちでいるでしょうからね」

そういって、松本は部屋を出て行った。

2

その、松本がなかなか戻って来ない。

亀井刑事が部屋を飛び出して、捜しに行っ

た。一二、三分ほどして、やっと、戻って来ると、

「どうやら、逃げられました」

と、十津川に報告した。

「どうして逃げたのかな？　今の段階では、警察に逮捕されるとは思っていなかったんじゃないのか。それにこちらだって、松本を逮捕する気はないし、今の段階では逮捕令状は出ないはずだよ」

「たぶん、長崎に行った三人から連絡があったんじゃありませんか。東京は放棄《ほうき》して、長崎へ来いという指示があったんじゃないかと思いますね。そうでなければ、今の段階で、警部がいったように、逃げる必要はありませんから」

と、亀井が、いった。

「今から追いかけても捕まらないだろう。しかし、松本が逃げるように消えたのだから、彼らには、やはりうしろめたいことがあるのだろう。木下の死は、殺人と考えるべきだね」

と、十津川はいってから、続けて、

「それより、このマンションの部屋を調べてみようじゃないか。松本の言葉が正しければ、これまでいわれてきた明治一五〇年の歴史に反発するような、資料や原稿があるはずだ」

と、十津川が、いった。

しかし、いくら調べても、それらしいものは見つからなかった。

かろうじて、十津川たちが見つけたのは『会津から見る日本の現代』という雑誌が、一巻から五巻まで積んであることだった。その中の一

冊を十津川は手に取って、ページをめくってみた。

会津人の有識者の座談会が載っていた。その中に、木下功のペンネーム、高橋誠の名前も入っていた。そこには、高橋誠の紹介が短く載っていた。

「本名木下功。文部科学省の係長。先祖は会津の名家で、会津戦争に参加していた。そのため、文部科学省に勤めながら、新しい日本の見方と会津から見た日本を研究している」

それが、彼の紹介だった。本名を出しているのは、内輪《うちわ》の雑誌だからだろう。

「この座談会は面白いね。亀さんも読んでみたらいい」

と、その雑誌を渡した時、今度は十津川の携帯が鳴った。

長崎の警察からだった。問題の三人が、長崎の駅前のホテルにチェックインしたという。どうやら、ホテルを移ったようだ。

「三人の名前は、中島秀文、岩田天明、北多村勇。この三人ですね。この中に、女性もいるんですよ。三人に話を聞いたところ、北多村勇というのは、本名北村愛で、女優もやるし、実は、文部科学省の公務員でもあるのだそうです。つまり、芸名だといってます」

「それなら、こちらでも確認しました。今回京都で発見された木下功も、文部科学省の公務員で、本名ではまずいので高橋誠というペンネームを使っていた。それも確認しましたが、そちらの三人は、どんな動きをしているんですか？」

と、十津川が、きいた。

「こちらで、長崎市の主催で『明治維新の一五〇年を考える』という討論会が、行なわれているんですが、問題の三人はこちらに着くやいなや、この討論会に参加していましてね。今から『明治一五〇年』ではなくて、『会津一五〇年』あるいは『戊辰一五〇年』というべきだと主張して、主催者と、喧嘩《けんか》をしています」

「連中の目下《もっか》の目的は、『新しい歴史』という題で論文を書き、応募することのようです。公表はされていませんが、新しい歴史を考えるという運動にスポンサーが付いていて、一番新しい、衝撃的な歴史を考えた人間あるいはグループには、一億円の懸賞金を出すところがあるらしいのです。それに向かって連中は、討論会に参加したりして、一億円が取れる歴史を、考えているんじゃないか。そう思います」

と、十津川が、いった。

「この三人に聞いたんですが、松本信也は一人だけ、東京に向かったというのですが、本当ですか？」

「今、私は、東京の木下功のマンションにいるのですが、松本がここに来たので、一応、何をしているのかきいていたんです。それが、油断をしていて逃げられました」

と、十津川は、正直に、いった。

「それで、東京で、何をしていると、いっているんですか？」

「木下のマンションに、会津一五〇年の歴史を記《しる》した本や資料があるので、それを確保しに来たんだといっていました」

「それで、そうした本や資料は見つかりましたか？」

「いや、会津関係の雑誌五冊が見つかっただけです」

「それでも、松本が、そちらのマンションに行ったわけですね？」

「そうです。ところで松本は、携帯に電話がかかって来て、それに出るふりをして、逃げたんですが、そちらの三人がかけて来たんでしょうか？」

と、十津川は、きいた。

「今から、どのくらい前ですか？」

「三〇分くらい前です」

「それなら、三人の一人が、携帯をかけていました。どこへかけたのかは、わかりませんが」

「それは、松本への電話、でしょう」

「彼らは長崎で、イギリスが長崎を植民地化しようとしたが、坂本龍馬が、海からの砲撃で、その野心を打ちくだいたと主張していますが、あれは、何なんですかね？」

「連中にいわせると、一億円の懸賞金獲得の前《ぜん》哨《しょう》戦《せん》だそうです」

と、十津川は、いったあと、

「そちらで、歓声が聞こえましたが、何ですか？」

「こちらはホテルのロビーです。三人は、長崎に着く早々、討論会に乗り込んで来て、主催者とやり合いましたからね。それが面白いと、いつの間にか、三人は地元のマスコミの人気者になっているんです。今、ロビーにいる三人に取材しようとして、長崎の新聞社やテレビ局が来ていましてね。賑《にぎ》やかなんです」

「しかし、長崎は明治維新後は勝ち組の本場でしょう」

「そのとおりで、長崎の警備を担っていた佐賀藩は明治維新で官軍になっています。長州や薩摩は長崎で、明治維新のために走り回っていますからね。討論会でも、正義は、薩長側に偏っています。こういう一方的な討論会では仇役《かたきやく》が必要です。その仇役が、三人揃《そろ》って長崎に乗り込んで来たんだから、間違いなくマスコミに追いかけられますよ。現に、そうなっています」

「それで、現在の三人の様子はどうなんですか？」

「喜んで、新聞社やテレビ局といい合っていますよ。ただ、こちらから見てあまりやりすぎると、県民の恨《うら》みを買うかもしれませんね。それが、心配です。十津川さんがいうように、長崎は明治維新の後の官軍の本場ですから」

十津川は、もう一度、一億円の懸賞金についで調べてみた。そんな多額の懸賞金を出すスポンサーが実在するのか、まだ自信を持てなかったのだ。

「新生日本を創《つく》る会」というところに問い合わせて、実在することに自信が持てた。

「日本には、うちのような歴史研究会が、いくつも存在します。それだけ研究者が多いし、また日本人は、歴史好きなんですよ。あるいは、歴史の中で活躍する英雄が好きだと、いってもいい。そこでこの際、今までの日本の歴史、特に明治維新の歴史を検討し直そうとなったんです。ただ、自分たちだけ、専門家だけで研究していたのでは、間違いが起こりやすい。そこで、アマチュアの歴史好き、うちに所属している研究者以外の歴史研究家など、そうしたところに手紙を送りましてね。今年中に明治維新一五〇年について、新しい歴史観あるいは、人物などについての研究をしているものがあればそれを発表してほしい。公正に審査して、いちばん興味のある、または納得できる新しい歴史を書いた者、あるいはグループに一億円を提供する。また、それを本にして出版すると発表しています。ただ、イタズラや面白半分の研究は、困るので、あまり大きくは、発表していません。それで、どんな新しい歴史観が生まれるのか、私なども期待しているんですよ。今までの明治維新といえば、官軍が正しくて賊軍が間違っている。そういう偏った歴史観ですからね」

電話の向こうで「新生日本を創る会」の幹事が十津川にいった。

そのあと、十津川は、何冊かの総合雑誌を購入して眼を通した。そのどれもが明治一五〇年を特集していた。その三分の一は明治一五〇年といういい方は間違っている、これからは何といえば正しいのか。また官軍と賊軍という分け方もおかしい。なぜ、会津や会津の連合側が賊軍といわれるのか。

どうしてもそうなれば、薩長、土佐、肥前の軍隊がなぜ官軍なのか、ということになる。そして明治維新では、ひたすら賊軍が悪いと決めつけられ、会津藩は下北半島に追いやられたのだ。

その時、会津藩の藩士の中には、薩長は会津を滅《ほろ》ぼすつもりなのかと、歯がみをした者もいたということも伝えられている。そうしたことも今年出た雑誌の中には取り上げられていた。

一見すると、百花繚乱《ひやつかりようらん》の感じである。急に今年になって全てが自由に、声を出せるようになったみたいな空気である。

十津川自身は明治維新という言葉を、それほど重要視はしていなかった。彼自身、昭和の生まれだったし、昭和の戦争で日本の歴史というのは、いったん途切れていると考えていたからである。しかし、歴史は繋《つな》がっている。それも、会津の人々の苦しみの歴史は延々と続いていることがわかった。

会津の人たちの座談会が載っている読みかけの総合雑誌を読むと、会津の人たちの恨みというか、屈辱感は今も延々と続いているのがわかった。一番の問題提起は、なぜ薩長土肥《どひ》の面々が官軍であって、会津はなぜ賊軍なのか。官軍の反対は賊軍ではなくて、「官・民」だから民軍ではないのか。それに会津は、幕末に京都に行って、薩長と一緒に京都御所を護《まも》っていたのである。その時は、天皇の御所を護っているのだから、官軍だったのではないのか。そして途中で長州は賊軍として都を追われている。またその時、会津は薩摩と組んで御所を護ったのである。したがってその時会津は、官軍だった。それなのになぜ、賊軍にされてしまったのか。それがわからないという話も載っていた。

（今までの日本の歴史は、確かに、勝者の歴史だった）

と、十津川は、思い返した。

彼が、大学で教えられた明治維新の主役は、薩長であり、土佐、肥前だった。

それを、疑ったことはない。

社会人になってから、いわゆる歴史小説を読んだが、そこでも、主役は勤皇《きんのう》の志士《しし》だった。坂本龍馬であり、高杉晋作であり、西郷隆盛である。

新選組にも興味があったが、所詮《しょせん》は、仇役だった。他に、勝海舟が、仇役の中で、人気があった。それは、勤皇側の龍馬などと、親しかったからの人気だった。

会津には、何回か行ったことがあり、白虎隊《びゃっこたい》の話などにも関心があったが、それでも、十津川の頭の中で、主役には、ならなかった。

それが明治一五〇年の今年は、少し、空気が違うというか、風向きが、変わってきたのを、十津川は、感じていた。

どの雑誌にも、明治一五〇年という言葉が、戊辰一五〇年という言葉と並んでいる。

この二つの言葉が、同じ重みで、並んでいるのだ。

ただ、十津川から見ると、戊辰一五〇年と呼ぶ側のほうが、明治一五〇年側より、過激に見える。

今まで、しいたげられていたほうが、過激なのは、自然かもしれない。

十津川が、感心したというより、笑ってしまった会津の言葉がある。

「アメリカの原爆は、何とか許せるが、長州は、絶対に許せない」

というのだ。

滑稽《こっけい》だが、同時に、深刻でもある。

この迷いを克服《こくふく》するのは、簡単である。相手の眼になって、物事を判断すれば、いいのだ。

ただ、これは、簡単そうで、意外に難しい。


特に、日本人は、不得手《ふえて》である。

日本対朝鮮
日本対中国

戦前から、戦中にかけてはもちろん、幕末から、この二つの問題について、日本は失敗をした。

たとえば、朝鮮に対して、吉田松陰《よしだしょういん》を初めとして、政治家も軍人も、同じ考えを持っていた。

「朝鮮は、自分で近代化できないから、日本が、植民地にして、近代化してやらなければいけない」

という考えである。

これ全て、日本側、日本の立場から見て、いっているのである。西郷も、石原莞爾《いしはらかんじ》も、全く同じなのだ。全く、朝鮮の立場から見ていない。中国に対しても、同じだった。

中国の国民は、悪い政治家に支配されて苦しんでいる。日本は、軍隊を出して、中国民衆を助けて、やらなければならない。対朝鮮と全く同じである。日本の立場からしか見ていないのだ。

石原莞爾は、中国を温かく見ていたといわれる。孫文《そんぶん》が革命に成功した時、石原は、万歳《ばんざい》を叫んだといわれるが、こんなことも喋《しゃべ》っている。

「中国人は、悪徳政治家や軍部に支配されて苦しんでいる。そんな奴らを滅《ほろ》ぼしてやれば、民衆は、日本軍に感謝する。その時に、安い税金なら、喜んで、日本のものを、買ってくれるはずだ。そうすれば、日本の金を使わずに、軍隊を、養えるのだ。これが、戦争によって戦争を養うことである」

と。石原は、まじめに考えているのである。

全て、日本から、中国を見て、中国を日本が支配すれば、中国人が喜ぶだろうという勝手な妄想《もうそう》である。

日本国内でも、同じことがいえる。

勝者の眼からしか見ていない。あるいは、敗者の眼からしか見ていないのだ。

勝者の立場から、明治以後を見る者は、いつも同じ視線である。

そんな日本だから、反対から見る視線は、新鮮に見えるに違いない。連中は、それを実行して、一億円を、手に入れようとしている。

十津川は、今度は、こちらから、長崎市の刑事に向かって、電話した。

相変わらず、賑やかな声が聞こえてくる。

「まだ、賑やかですね」

と、十津川が、いった。

「例の三人です。なぜかわかりませんが、ホテルの個室で、騒いでいます」

と、長崎警察署の刑事が、いう。

「その三人にきいてみてくれませんか。電話で、松本を、長崎に呼んだのではないかとです」

と、十津川は、いった。

「きいてみます」

と、相手が、いい、五、六分で、電話口に戻って来た。

「一人にきいて、そんな電話は、していないと、いいましたが、嘘《うそ》ですね」

と、長崎の刑事が、いった。

「どうして、嘘だと？」

「他の二人が、ニヤニヤ笑っていたからです」

「なるほど。そちらに、松本が、現われたら、教えてください」

と、十津川は、いった。

十津川自身は、警視庁に戻って、休むことにした。

しかし、なかなか、眠れなかった。

五人が四人に減ったＮＡＧＡＳＡＫＩクラブの連中は、長崎に集まって、何をやろうとしているのか？

松本が話した限りでは、彼らの目的は、新しい日本の姿、歴史を考えて、一億円の賞金を手に入れることだといっていた。

それなら、日本の中心の東京にいたほうが、何かと便利なはずである。それなのに、今、彼らは、長崎に集まっている。東京の政治についてて、考えるのをやめてしまったのか。

午前一時すぎに、十津川の携帯に、電話が入った。

「神山といいます」

と、男の声が、いう。京都の警察から、名前を聞いて連絡を取り合っていた、関係者だった。

「今、どこですか？」

「現在、長崎です」

と、神山は、いう。そういえば、向こうの音が、やたらに、ぶれる。

「東京の会社はどうしたんですか？　今日は、お休みですか？」

と、十津川が、きくと、神山は、

「ああ、会社は、先日、辞《や》めましたよ。今のままでいけば、たぶん、潰《つぶ》れるんじゃないかと思っていましたからね。そうなる前に、こちらからさっさと、辞めてやりました。松本は、今、どこにいるか、わかりますか？」

「わかりません。他の三人と、今長崎にいるのかもしれません」

「長崎に戻ったんですね？」

「戻ったと、いえるかどうかは、わかりません。彼は、グループで、新しい日本の歴史の論文を応募するといっていました。賞金は一億円です。そうなると、東京にいるほうが、論文が出しやすいと思ったんですが、なぜか連中は、長崎に戻っているんです」

「長崎といえば、やはり、坂本龍馬、グラバー邸、路面電車、丸山ですかね。しかし、松本たちは、別の目的で、長崎にいるのかもしれませんね」

と、神山が、いう。

「何のための長崎かが、わからないのです。今、いったように、連中は、一億円という大きな懸賞金を狙っているようですから」

「それなのに、長崎に集まっているんですね？」

「そうです。何のために、京都から長崎に移ったのかが、わからないのです」

「本当に、一億円の懸賞金だけが、狙いでしょうか？」

「連中の名前は、確か、『ＮＡＧＡＳＡＫＩクラブ』でしたね？」

「そのグループ名からすると、最初から、狙いは、長崎だったのかもしれないですね。しかし、全国的な懸賞金の一億円を狙っているんですから、なぜ、東京で活動しないのかという疑問が、わいてくるのです」

「私は、本当の狙いは、日本の新しい歴史の一億円で、長崎の五〇〇〇万円は、前菜だと思っていたのですが、逆かもしれませんね。一億円だと見せて、長崎が、本星《ほんぼし》なのかもしれません」

と、十津川は、いった。

「グループの、五人のことを、また教えてくれませんか」

と、神山が、いった。

「高橋誠はペンネームで、本名が木下功です。北多村勇は、芸名で本名は北村愛。あとは、本名だけの中島秀文、岩田天明、松本信也の三人です。このうち木下功が殺されているので、今は四名です」

「松本の奥さんの、ことなんですが」

「みどりさんですね」

「彼女の存在が、どうにも気になるんです。ひょっとすると、彼女も、ＮＡＧＡＳＡＫＩクラブの一員じゃないかと、思ったりしています」

「松本信也に、きいてみました」

と、十津川は、いった。

「松本がいうには、みどりは、妻というより、協力者だということです。冷静にお互いを見ている。役に立っていると、いっていましたよ」

「松本は、そういっているんですか」

「間違っていますか？」

「松本が行方不明になった時、彼の撮った写真を頼りに、捜しました。その時、長崎の眼鏡橋付近で、着物姿で、小さく写っている若い女性がいたんです。あれは、ひょっとすると、もしかしたら、松本の妻の、みどりさんだったのかもしれません」

と、神山は、いった。

「それが、事実なら、松本夫婦は、わざと別れて、この長崎に来ていたことになりますね」

十津川が、いう。

第五章　事件の広がり

1

急遽《きゆうきよ》、捜査会議が開かれることになった。

東京の警視庁で開かれたその会議には、京都府警から春日《かすが》という警部が上京してきて、参加することになった。京都からの要請だった。

さらに、京都府警は春日警部の後を追うようにして、捜査一課長の田中《たなか》も東京に急行させ、春日警部とともに、東京での捜査会議に参加させることにした。それも全《すべ》て、京都で殺された木下功が、文部科学省の役人だったからである。

田中捜査一課長は、合同捜査会議で、これまでにわかったこと、現在の問題点について、十津川に説明した。

「京都の疏水《そすい》で死体となって発見された被害者の木下功は、その後の調べで、文科省の人間であるということがわかりました。いつもならば、たとえ、被害者がどこの官庁の職員であったとしても、殺人事件は殺人事件としてあくまでも冷静に、そして、粛々《しゆくしゆく》として捜査するのが普通なのですが、今回の殺人事件は、少しばかり様子が違ってきています」

「様子が違ってきたというのは、どういうことですか？」

と、三上《みかみ》刑事部長が、きく。

「われわれ京都府警が、殺された木下功について、文科省で、どのような仕事をしているのか、彼に対する周囲の評判はどうだったのかなどを、問い合わせている間に、今回の殺人事件は、ただ単に、一人の公務員が殺されたというだけで済む事件ではなさそうな気がしてきたのです。その理由を警視庁の皆さんに直接ご説明したくて、今日、京都からやってまいりました」

と、田中一課長が、いうのだ。

「なるほど。田中一課長が、わざわざ京都から東京にいらっしゃった理由が、わかってきました」

と、三上刑事部長が、いい、

「話の先を続けてください」

と、促《うなが》した。

田中一課長が、話を続ける。

「文科省は、はっきりとは、発表していませんが、今年は、ちょうど明治維新から一五〇年目に当たっている。ひじょうにいいタイミングでもあるので、この辺《あた》りで日本の歴史というものを、もう一度見直してみようじゃないか。明治、大正、昭和、平成と延々と語り継《つ》がれてきた日本の歴史は、本当に正しいものであるのかどうかを検証してみよう。それに今回、天皇が退位されて、次の新たな時代を迎えることになった。その点も、いい機会だと思う。そうしたことを、文科省が考えているというのですよ。

それが事実だとすると、今回の殺人事件に関しても、今までとは違った見方が、必要になってくるのではないか。私たちは、そんなふうに考えているのです」

「文科省は、具体的には、どんなことを考えているのでしょうかね？　歴史認識を変えるということは、わかりますが、今までの歴史認識の何処《どこ》に問題があって、文科省は、それを、どのように変えたいと思っているのか、その点を、ぜひ知りたいものですね。田中課長は、どう考えておられるんですか？」

と、三上刑事部長が、きく。

田中捜査一課長は、

「私も、三上部長と、同じ気持ちで、その辺のことを知りたくて、文科省に電話を入れました。どんなことを考えているのか、直接聞いてみました。向こうの答えは、こういうことでした。たとえば、明治維新について、今までは薩摩、長州、それに、土佐、肥前などが官軍といわれていて、それに対して、会津は、賊軍といわれているが、よく考えてみると、幕末に、京都の御所を守っていたのは薩摩と長州、そして、会津でした。つまり、その時、会津は賊軍なんかではなく、官軍だったわけですよ。その後、薩摩と会津が手を組んで、長州を京都から、追い出しました。そうかと思うと、次には薩摩と長州とが手を組んで、会津を京都から追い出した。こういうことを考えると、簡単に薩摩と長州は官軍、会津は賊軍と決めつけてしまって、いいものなのかどうか、それをじっくりと考えてみようという空気が、文科省の中に生まれているというのですよ。そうなってくると、京都の疎水で殺されていた木下功について、犯人の動機は、いったい何だったのだろうかと考えた時に、個人的な動機というよりも、今も申し上げたような、文科省に生まれている省内の空気のことを、まず第一に考えなくてはならないのではないか。そんなふうに思えてきたのです」

「殺された木下功ですが、彼は、文科省の中で、どんな立場にいたんでしょうか？」

と、三上が、きいた。

「その件についても、もちろん木下功の上司に聞いてみました。そうしたら、木下功という人間は、一部の人のためにだけ、尽くす役人ではなくて、常に国民全体のことを考え、奉仕しているひじょうに立派な、公務員ですという、模範回答のような答えしか返ってきませんでした。そこで、われわれ京都府警で改めて調べてみたら、殺された木下功は、福島県の生まれだということがわかりました。それも、会津の生まれなのです。その上、木下功の先祖は、会津藩士だったらしいのですよ。こうなってくると、ただ単に、被害者が、立派な公務員だったというだけでは、この事件の真相は、わからないのではないでしょうか？　会津の侍の子孫の木下功にしてみれば、薩長や土佐が官軍であり、会津が賊軍だというのは、絶対に反対だったのではないでしょうか？　単なる殺人事件だとは、どうしても、考えられないんですよ」

と、田中一課長が、いった。

「話は変わりますが、たしか五人組には、もう一人、北村という女性がいましたよね？」

と、十津川が、きいた。

「ええ、そうです。北多村勇こと北村愛。実は、彼女も文科省の役人だということがわかりました」

と、田中一課長が、いった。

「彼女は、どこの、生まれですか？」

「東京生まれの東京育ちだと聞いています」

次に、京都府警の田中一課長が、逆に、十津川にきいた。

「日本の新しい歴史認識を考えた者に、一億円の賞金が支払われる懸賞のようなものがあるという話を聞いたのですが、本当にそんなものが、あるんでしょうか？　あるとすれば、どんな団体がやっているのか、それとも、個人なのか、ぜひ知りたいのですが」

「法人組織で、『新生日本を創る会』と名乗り、代表は、大日向武《おおひなたたけし》という男です」

と、十津川が、答えた。

「どんな組織ですか？」

「毎月、会報を出しています」

十津川は、その一冊を、田中に渡した。

会の名前と同じ、『新生日本』と題した会報で、毎号、その趣旨《しゆし》に賛成する有名人が、エッセイを寄稿していた。

そこに、一億円の懸賞募集のことが、載《の》っていた。

「今の硬直した日本を、どう再生するか。その第一歩は、歴史の見直しです。それを考えて応募してください。あなたの歴史認識が、日本を再生するのです」

と、書かれていた。

「どんな人間ですか？　この大日向武というのは？」

と、田中が、きく。

「五千億円の個人資産を所有する資産家だといわれていますが、実体は、摑《つか》めません。それに、会員数五百万人ともいわれますが、これも事実かどうか、わかりません」

「実際に力がある人間ですか？」

「これについても、さまざまな噂《うわさ》があるのです。政界にも、選挙のたびに、金をばらまいているという噂もあり、首相や、何人かの大臣とも、仲がいいともいわれています」

「警視庁は、この男のことを、どう思っているんですか？　京都の殺人事件と、関係があると考えているんですか？」

と、田中が、きく。

「一応《いちおう》、調べることにしていますが、何事も金で解決する人間のようですから、関係があるとしても、この男が、直接、手を下したとは思えません」

「私も、今回の殺人事件が、特別な事件ではないかと、思っているのですが、警視庁は、どう考えているんですか？」

と、あらためて、田中が、きく。

「目下《もつか》、迷っているところです」

と、三上が、いった。

「殺された人間が、文科省の人間と、わかってからも、文科省から、何もいって来ていません」

と、三上が続けたが、それ以上の話し合いには、ならなかった。

2

十津川は、ここに来て、今回の殺人事件捜査が政治絡《がら》みになってきそうな、そんな予感がしてきた。もともと十津川は、政治絡みの事件は好きではないし、そうした事件の捜査は苦手である。できることなら担当したくないと思っている。

それに比《くら》べて、上司の三上刑事部長はといえば、政治絡みが好きだから、自ら進んで政治絡みの方向で動こうとするところがある。十津川の予感が当たっているとすると、おそらく、三上刑事部長の発言が次第《しだい》に大きくなっていって、部下の十津川たちは、どうやらその収拾《しゆうしゆう》に追われることになりそうな雲行きである。

現代の、歴史と政治の絡みがどんなものなのかを知りたくて、十津川は、大学時代の同窓生で現在、中央新聞の社会部の記者をやっている田島《たじま》に連絡を取って、久しぶりに新宿で夕食をともにすることにした。

十津川は、田島に会うなり、

「今年は明治一五〇年だ。それを機会に、日本の歴史を見直そうという運動が起こっているんだ。最近の雑誌なんかを見ていると、同じような意見を載せているようだが、これは、具体的になりそうか？　君の意見を聞かせてくれ」

と、いった。

田島は、笑って、

「前に会った時も、君は同じようなことをいっていたじゃないか？　たしか君は、もともと政治絡みの事件が嫌いだったんじゃなかったのか？」

「ああ、昔も今も嫌いだよ。私は政治絡みの事件の捜査というのが、どうにも苦手なものだから、できることなら避けて通りたいところなんだが、そうもいかない。しかも、今年になってから、私が担当している事件の多くが、政治絡みになってきそうな気がしてしようがないんだ。現役の新聞記者の君から見て、今年は、政治の季節になりそうか？」

と、十津川が、きいた。

「去年の秋に、それまでの川辺《かわべ》首相が退陣して、新井《あらい》内閣が誕生した。前の川辺首相は、日本の現在の歴史認識を、変えることについては、きわめて慎重だった。そのことは、君にもわかっているだろう。何しろ、川辺さんという人は山口県、長州の出身だからね。日本の歴史の常識では、薩摩や長州、土佐、肥前などが明治維新の時、現在の日本の基礎を作ったということになっていて、川辺前首相は、そのことに満足していたようなのだが、しかし、今の新しい新井首相は、会津の出身だからね。新井首相にいわせると、今までの日本の歴史認識は薩摩、長州、土佐、肥前だけが正しいという、歪《ゆが》んだ精神で貫《つらぬ》かれている。これを、会津側から見れば、明らかに解釈が間違っている。だから、何とかして今年の明治一五〇年を機会に、たとえば、明治維新に対する考え方や、官軍、賊軍の呼び方は、ただちにやめることにしようじゃないかと折に触れて、主張しているんだ。その上、今回、天皇が退位されれば、平成に代わって、新しい元号が生まれる。日本の歴史を見直す一つのいい機会になるのではないかと も、新井首相は、いっている。あれは首相の本音《ほんね》だろう」

と、田島が、いった。

「それに、新井内閣の顔ぶれを見ると、新井首相は、会津の生まれで、文部科学大臣は新潟の長岡《ながおか》の生まれだよ」

「長岡といえば、戊辰戦争の時、会津と一緒に連合を作って、賊軍にされて負けたんだ」

「その通りだ。歴史的にいえば、戊辰戦争は押しつけられたものだと、会津の人たちは、誰もが、いっているよ。何としてでも、会津を滅《ほろ》ぼそうとして、戊辰戦争をやり、会津連合を打ち負かしたんだ。そのことをもちろん会津の人たちは、怒っているのだが、もっと激しく怒っていることがあるんだ。それは戦いのあとの、会津に対する処遇《しょぐう》なんだよ。下北半島の荒野に追いやられて、多くの会津の人間がそこで、失意のうちに、亡《な》くなっている。その悔しさは、時代が変わっても、会津の人たちは忘れていないんだ」

「前の川辺首相と現在の新井首相との、考え方の違いというのは、どの辺にあるんだろう？　政治のやり方は、別に変わっていないようにも見えるんだけどね。どこか変わっているところがあるのかな？　新聞記者の君から見てどうなんだ？」

と、十津川が、きいた。

「それはだね、こういうことじゃないかと、ボクは、理解しているんだ。川辺前首相は山口に立って、そこから、日本を見ていた。それに対して、今度の新井首相は会津に立って、そこから、日本を見ている。それだけの違いだよ」

「しかしだね、そもそも、日本は、狭くて小さい国じゃないか。どこに立って見回しても、同じように見えるんじゃないのか？　同じ日本の国内で見れば、会津だって山口だって大して変わらないと思うがね」

と、十津川が、いった。

「いや、そこが、かなり違うんだよ。以前に一度、新井首相を、インタビューしたことがあるんだ。まだ彼が首相になる前だけどね。その時、彼は、こういっていた。山口から見れば、会津は、日本のはずれだ。逆に、会津から見れば、山口は、日本のはずれに見えてくる。そのいい例が、明治維新の第一の功労者といわれる坂本龍馬と、同じく長州の松下村塾《しょうかそんじゅく》の扱い方だ。今まで明治維新を成功させたのは松下村塾であり、坂本龍馬だと、いってきた。ところが、今の新井首相は、会津から見れば、長州は、日本のはずれだし、松下村塾だって、田舎《いなか》の小さな私塾に、過ぎないと、いっている。そのせいかどうかはわからないが、教科書から坂本龍馬の名前が消えて、松下村塾の扱いも小さくなる。新しい元号に代わるのに合わせて、明治維新の考え方も違ってくるだろうし、日本の近代化を成し遂《なと》げた英雄たちの名前も変わってくるんじゃないのかな。ボクもそんな予感がしているんだ」

と、田島が、いった。

「それにもう一つ、私には、気になっていることがある」

「いったい何なんだ、気になることというのは？」

「大日向武という男のことが気になっている」

と、十津川が、いった。

「大日向武といえば、例の日本の新しい歴史認識に関する論文に、一億円を出そうといっている男だろう？　どう気になっているんだ？」

と、田島が、きいた。

「実は先日、京都で一人の男が殺されて、疏水に浮かんでいたんだ。木下功という男だ。この男は文科省の役人でね。いろいろと調べていると、この殺人には、どうも、政治が絡んできそうな気がして仕方がないんだ」

「まさに君の嫌いな政治絡みの事件か」

「ああ、そうだ。それに、この木下功という男が、加わっていた五人組というのがあってね。この五人組は、今いった、大日向武という男が募集している一億円の新しい歴史論文、それに応募しようとしているんだ」

「その大日向武だが、たしかに一億円という私財を投じて、新しい日本の歴史についての論文を募集している。しかしね、大日向には、それほどの力はないと、思っているんだ」

と、田島が、いった。

「それはどうしてだ？　そう思う根拠は、いったい何だ？」

「大日向武は、やたらに有力な政治家とコネがあるようなこともいってる。たしかに金はあるので、勝手に、新しい日本の歴史認識について、といった論文を募集しているだけの話に過ぎないと思うね。私財を一億円もつぎ込むんだから、財力のある変わった男だとは思っているがね」

と、いって、田島が、笑った。

「たしかに大日向武という男には、それほどの、力はないかもしれない。しかしね、ただの遊びや、道楽で、一億円もの私財を投げ出して新しい日本の形、歴史認識を募集するとはどうしても、思えないんだ。もしかすると、裏で何か別のことを企《たくら》んでいるのかもしれないし、どこかで、今回京都で殺された文科省の木下功と繋《つな》がっているような、そんな気がして、仕方がないんだ」

「なるほどね。裏で何か別のことを、こっそり企んでいるという可能性は、たしかに、あるかもしれないな。そのほうがわかりやすいかもしれない」

「ところで、この大日向武という男は、いったい、どこの生まれなんだ？　中央新聞では、その点は調べているのか？」

と、十津川が、きいた。

「もちろん調べているさ。一応、東京の生まれだと、大日向武本人は、いっている」

「そうか、東京か」

「ただ、大日向武は以前、自分は、九州の博多の生まれ育ちだといっていたこともあるんだ。その後、今度は、東北福島の生まれだといったり、今は、東京の生まれだといっている。いっていることがめちゃくちゃだ。だから、全く信用できない。大日向武というのは、そういういい加減な男だよ」

と、田島が、いった。

「あの男については、われわれも調べてみたんだが、経歴ではっきりしないところがある。空白の部分だよ」

と、十津川が、いった。

「そうか。警察も、大日向武という男をマークしているんだな」

「大日向武を、木下功殺しの関係者の一人として考えている。だから、一応、彼のことを調べているんだ」

「それで、何かわかったのか？　よかったら教えてくれ」

今度は、田島が、いった。

「いくら君の頼みでも、全てを話すわけにはいかないが、一つだけ教えよう。大日向武は、四谷《よつや》のＭ銀行に一億円の預金を持っている。それを問題の一億円の賞金に充《あ》てるのだろうと、われわれは、見ているし、大日向本人も、一億円をM銀行四谷支店に預金しているので、安心して応募してくださいと呼びかけている。なぜ、そんな小細工をするかといえば、表舞台では、信用がないと自覚しているからだろうと見ている」

「問題は、大日向が、何を狙《ねら》っているかだな」

と、田島が、いう。

「少なくとも、一億円に見合うものを、狙っているんだろう」

「今のところ、大日向が発表しているのは、当選した論文は、責任を持って本にして、出版することと、無料配布することもあるという二つだけだ。しかし、それで、大日向が、大儲《おおもう》けできるとは思えない。したがって、他に大儲けを考えているんだろうと思っている」

と、田島が、断定した。

「同感だね。それがあるために、木下功が殺されたんじゃないかと、思っているんだが、肝心《かんじん》の実体が、摑めなくて、困っている」

と、十津川が、いった。

「君のいうことが正しければ、大日向は、文科省にも食い込んでいることになるね」

と、田島。少しずつ、焦点が合ってきたような感じを、十津川は受けた。

「日本の社会は、今でも、古めかしいコネ社会だからな」

と、田島が、続ける。

「実感があるね。体験したのか？」

「家の近くに、小さな空地があるんだ。それが国有地なので、公園にしてくれと、何回も陳情しているんだが、全く取り合ってくれない。それがさ、ボクが、取材で首相に会った時、秘書が、何か困ったことがあれば、相談にのりますというので、空地のことを話した。その一週間後さ。二〇人近い作業員がやって来て、あっという間に、公園が生まれてしまったんだ。これが、日本の社会なんだと、感心したよ。新聞記者のくせに、役所の窓口に、陳情を繰り返すより、政治家とコネを作ったほうが、手っ取り早いことに気がつかなかったんだよ」

「そこまでコネが利《き》くとは、思わなかったんだろう?」

「確かに、もう少し、日本社会は、近代化されていると思っていたことは、そのとおりだがね」

「大日向武のほうが新聞記者の君より、日本社会の実態に詳《くわ》しいのかもしれないな」

十津川が、茶化《ちゃか》すではなく、真顔《まがお》でいった。

「これは、真面目《まじめ》にいうんだが、大日向は、政治家と大きなコネを作っているのだろうな」

田島が、いった。

「それらしい行動を、大日向は取っているのか?」

「一カ月前に、都内のホテルで首相のバースデイ・パーティがあったんだ。ボクが取材で会場に行ったら、大日向武がいたんで、びっくりした。その一〇日前に、二人が、テレビ番組の中で、大ゲンカをやっていたからだよ。あの大ゲンカは、お芝居だったのかと思ったよ」

「首相のバースデイ・パーティでの大日向の様子は、どうだったんだ？」

「最初は、距離を置いていたがね。そのうちに二人の姿が見えなくなった。それで、あわてて三階に行ってみた。首相が、そのホテルの特別会員で、特別に、首相の使える個室が、三階にあることを、知っていたからだ。案の定、だった。その部屋に、二人がいた。いや、もう二人で、合計四人がいたんだ。あとで調べたら、一人は文科省の教科書担当の局長で、もう一人は、首相の政策秘書だった」

「四人で、何を話し合っていたか、わかったのか？」

「いや。その部屋に入るわけにも、いかなかったからね。そのうちに、一階のパーティ会場から、迎えが来て、首相は、あわてて戻って行ったが、他の三人は、その後も一時間近く、部屋から出て来なかったね」

と、田島は、いった。

「そういえば、正月の三が日に、テレビで、首相や各省庁の大臣、長官が、今年の抱負を語る番組があった。年頭の所感というやつだよ。どうせ、型にはまった、美辞麗句《びじれいく》が並ぶのだろうと思って、気を入れて聞いてなかったんだが、新井首相は、確か、今年は、明治一五〇年、この辺で、日本の歴史を見直し、新生日本の活力にしたいといった主旨の話だった。文部科学大臣の話は、覚えていないんだが」

十津川が、いうと、田島は、すぐ、スマホを取り出して、今年の年頭の各大臣の所感を、探し出した。

「これが、文部科学大臣の年頭のあいさつだ」

と、田島が、スマホを突き出した。

「総理がいわれたごとく、今年は、明治維新一五〇年であり、一年後には、新しい元号になることが約束されています。私としては、この際、明治一五〇年の日本の歴史を、総括したい。今まで、見過ごしてきた小さな誤りも、訂正し、完璧な歴史を作りあげたいと思っています」

これが文部科学大臣の年頭の言葉だった。

「面白いね」

と、田島が、いった。


「さっきの話だが、首相と、文部科学大臣は、同じ県の出身だったかな？」

「文部科学大臣は、新潟の生まれだよ。佐渡《さど》がよく見える町で生まれたといっていたし、田中《たなか》角栄《かくえい》の家の近くだと、自慢していたから」

「思い出した。文部科学大臣が決まった時、記者会見で、田中角栄と出身が同じだと、いっていた。そうしたら、新聞記者の誰かが、出身が同じでも、たいした違いだと呟《つぶや》いたら、それが聞こえたのか、むっとした顔になっていたね」

「じゃあ、何かやるね。もともと、野心家だから」

と、田島が、いった。

「たぶん、日本の歴史観の改革を狙うと思うね。予算は、たいして要《い》らないし、改革した大臣の名前は、永久に残る。悪くない話だよ」

と、田島が、続けていう。

「そんなことのために、尽力するかね？」

「政治家って連中は、虚栄心《きょえい》のかたまりだよ」

「新しい日本か」

「たとえば、今年、明治一五〇年を期して、会津を賊軍と呼ばないことにする。全ての歴史教科書から、その言葉を除く。文部科学大臣の名前でやれば、この時の大臣は、永久に会津から感謝されるし、歴史の一ページに残ると思う」

と、田島が、いう。

「そこまでいったら、あくどいといわれてしまうだろう」

十津川が、笑うと、田島は、ニコリともせず、

「そのくらいのことは、平気でやるさ。それに、この騒ぎに、大日向が便乗することだって、考えられるじゃないか？」

と、田島の話は、大きくなっていくのだ。

「そこまでいくかね？　政治家だって、大日向なんていう人間は、普通は、用心して、近づかないだろう？」

十津川が、いった。

田島は、ポケットから、古い新聞の切り抜きを取り出して、十津川の前に広げた。

七年前の参議院選挙の結果報告が、載《の》っていた。

「そこに、金田一輝《かねだいっき》という名前が、あるだろう。七年前に参院選で、初当選した時の新聞発表で、今の文部科学大臣だ」

「そういえば、確かに、金田という名前だった」

「この時、問題になったのは、当選した金田一輝が、ある会から、金銭援助を受けていたことだった」

「『新生日本を創る会』か？」

「そうだよ」

「本当なのか？」

「本当だ。その後、うまく、金田一輝は政界を泳いで、今や文部科学大臣だ。これは、大日向にとっても、万々歳《ばんばんざい》だろう」

「二人が組んで、自分たちの考えた世直しを実行する気でいるということか？　そのくらいのことは、平気でやりかねない二人なのか」

と、十津川は、いった。そして、

「少しばかり、出来すぎている話だな」

「これで、例の一億円論文で、金田文部科学大臣が考えるようなものが当選したら、要注意だな」

と、田島が、いう。

十津川は、少し考えてから、

「例の五人組のことなんだがね」

「五人の一人、木下功が殺されたんだったな。その事件を捜査しているんだろう」

「そうだ。彼らは、最初、長崎の新しい歴史を作るといって、動いていたようだが、そのうちに、東京で、募集している一億円のほうが、目的だと、いっていたんだ。賞金が大きいから、もっともだと思っていたんだが、ここにきて、五人組の一人、木下功が殺されると、主力の三人は、また、長崎に戻ってしまった」

「それに、残る仲間の一人は、東京に向かって、木下功のマンションの部屋を、調べようとしていた」

「何か、不自然なんだ」

と、十津川が、いった。

「それ、刑事用語か？」

田島が、笑った。

「何だって？」

「断定するような、しないような話し方だよ。それで相手の反応を見るんだな」

「じゃあ、君の反応を見せてくれ。今、この世の中は、どんなふうに動いているんだ？」

と、十津川が、いった。

田島は、「そうだなあ」と、いった。

「明治一五〇年だから、これを機会《しお》に、右も左も、日本を変えようとしている」

「それは、わかる」

「だから、小悪党たちは、それに便乗すれば、金が儲かると思っている」

「小悪党か」

「別に悪人というわけじゃないよ。南北朝時代には、楠木正成《くすのきまさしげ》たちは、悪党と呼ばれていたんだ」

「そういえば、今の日本は、その時代に似ているという人もいるらしい」

と、十津川がいった。

「あの時代を、南北朝時代というが、正確にいえば、南の後醍醐《ごだいご》天皇と、北の足利尊氏《あしかがたかうじ》の争いだったんだよ」

と、田島が、いう。

「足利尊氏は、さしずめ、今の首相か」

「そうなるかな。とにかく、大勢味方がいるからね」

「鎌倉《かまくら》幕府との戦いでは、尊氏も味方して、後醍醐側が、勝ったんだ」

「尊氏に、楠木正成や、新田義貞《にったよしさだ》といった悪党たちが、味方について、後醍醐天皇が勝利している。その結果、天皇親政の政治になり、建武《けんむ》の中興といわれた。しかし、足利尊氏のほうが、地力《じりき》があったんだろうね。たちまち、大軍を集めて、天皇方を討ち破った」

「確かに、現代に似ているね。なるほど、足利尊氏は、今の首相か」

と、十津川は、いった。田島と二人だと、勝手なことが、いえる。

「今の首相も、尊氏と同じで、一度は敗《やぶ》れて、野《や》に下っている。その点も、似ているな」

田島も、勝手なことを、いう。

「その後、大軍を集めて、たちまち、政権を摑みとった点も、同じだね」

「南北朝の時は、結局、南朝方が、敗北して、統一され、南北朝時代は、終わるんだ」

「今の野党も力がないから、大軍の与党に敗北かな」

「前に君は、明治一五〇年、現状維持か、変革か見定めないと、損をするといっていたが、見定める必要は、ないんじゃないか。あれこれいわれているが、今の首相は、強力だよ。それに野党に勝ち目はない」

「だから、そこが、南北朝時代と違うんだ。あの頃は、まず、南と北のどちらが勝つかを考慮しなければならなかったが、今は、勝つのは、今の政府だとわかっている。そうなると、あとは、細かい政策か」

と、十津川は、いった。

結局、最後の問題は、四人に減った連中が、今、何を選ぼうとしているかなのだ。

「やはり、今の政府が、明治一五〇年に、何をやろうとしているか、だね。四人は、それを見て上手《うま》く便乗して、儲けようとしているとしか考えられない」

「ひと休みして、コーヒーでも、飲もうじゃないか」

確かに、疲れてきていた。

3

「マークしているのは、例の大日向だが、これは、今の首相べったりだから、あまり考える必要はない。せいぜい、今は認可がむずかしくなった、大学を作りたいだけだ、ともいわれている」

と、再び、田島が断定した。

その時、亀井から、電話が、入った。

十津川が出ると、

「松本信也が任意出頭して来たのですが」

と、いう。

「あの男なら、帰らせていいよ。見たところ、一人では殺人をやるような度胸はない。たぶん、誰かの命令で動くタイプだ」

「それが、警部にぜひ、聞いてもらいたいことがあると、いっています」

「どんなことか、君が聞いておいてくれ」

「それが、警部に聞いてほしいといっているんです」

「わかった。すぐ、警視庁に戻る」

と、十津川は、立ち上がって、田島に、

「松本信也が、出頭して、私に何かいいたいことがあるらしい」

「松本というのは、例の五人組の一人だろう？」

「そうだ。一人だけ東京に来ていて、木下功のマンションで、われわれと、鉢合《はちあ》わせして逃げた男だ」

「ドジな男だな」

「そんな男が、私に何の用か聞いてみたいと思っている」

十津川が、警視庁に戻ると、松本信也は、ポツンと、取調室で、待っていた。

「あなたは、とっくに、長崎にお戻りになったと思っていました。木下功殺しの容疑も、かかっていませんでしたから」

と、十津川は、いった。

「それは、亀井刑事さんに、いわれましたが、警部さんに、どうしても、お話ししたいことがありましてね」

と、松本が、いった。

「それなら、お聞きしますよ。話してください」

「私は、このまま、外へ出たら、殺されます」

と、松本が、いった。

「誰が、あなたを殺すんですか？」

「他の連中です。今回だって、他の三人は、さっさと長崎へ戻って、その間に、私に、東京の木下功のマンションに行き、彼のノートパソコンを取って来い。それに、おれたちの行状が全部入っているから、警察に渡ると命取りになるんだといわれたんです」

「木下功のマンションに、そんなものは、ありませんでしたね」

と、十津川が、いった。

「そうです。そんなものは、最初からなかったんだ。私を、あのマンションに行かせて、警察に捕まえさせようとしたんですよ。私を、木下功殺しの容疑者に仕立て上げて、警察に捕まえさせようとしたんですよ」

と、松本は、身体《からだ》をふるわせた。

「しかし、警察は、あなたを木下功殺しの容疑者とは、見ていません」

「それが、連中の計算違いだったんだと思いますよ。だから、このあと、私が、連中のところへ行けば、間違いなく殺されます。連中は、私が邪魔な存在なんです」

「それなのに、なぜ、木下のマンションでは、逃げたんですか？」

「あの時は、いろいろ考えていたら、何がなんだか、わからなくなって」

「しかし、一〇年以上も、一緒に活動をしてきたんでしょう？　なぜ、今になって、あなたを殺そうとするんですか？」

十津川が、きく。

松本は、小さく首をすくめて、

「木下功だって、殺されたじゃありませんか」

と、いった。

「木下功さんは、どうして殺されたと思うんですか？」

十津川が、きいた。

「多分、金が原因です」

「何の金ですか？　お金に関係のないアマチュアの歴史研究会なんでしょう？　それが、どうして、金が原因で、仲間を殺したりするんですか？」

「最初の頃は、確かに、アマチュアの歴史研究会でした。とにかく、面白い歴史を作ろうと考え、新しい歴史解釈を考えようと一所懸命《いっしょけんめい》に、やってきました。それが、金になるとわかったんです」

「どんなふうにですか？」

「日本人というのは、歴史が好きなんですよ。歴女《れきじょ》なんていう、新しい女性たちも、生まれてきましたからね。それで、私たちが考えた面白歴史を、雑誌が買ってくれるようになったんですよ。そうなると、もっと高く売れるような歴史を考えるようになってしまったんです。時には、知事や市長の先祖を、明治維新の隠れた功労者にした歴史まで作成しましたよ。これは高く売れました。知事選や市長選の最中でしたから。私は、会が、そんなふうに変わってしまったことに、慣れませんでした。木下功も、私と同じでした。だから、煙《けむ》たがられ、あげくに殺されてしまったんだと思います」

「もう一つ、質問していいですか？」

十津川は、ていねいに、きいた。

「私が、答えられることでしたら、喜んで話しますよ」

「五人のメンバーの中に、女性が一人いますね。北村愛さん」

「ええ」

「五人のメンバーになると、なぜか、北多村勇と名乗っていた？」

「それは、木下功と同じく、公務員で、兼職が禁じられているので、五人の時には、北多村勇という別名を、使っていたんです」

松本が、答えるのへ、十津川は、首を振って、

「そのことじゃなくて、なぜ、女性なのに、男と間違えられる名前を、使っていたのかということです。あなた方に接する人たちは、男だけの五人組と思ってしまうんじゃありませんか？」

十津川が、いうと、松本は、笑って、

「実は、それが狙いです」

と、いった。

「どういうことです？」

「相手に、五人の名簿を渡すと、たいてい、男だけの五人組と、勝手に思い込むんです。そうなると、北村愛が、着物を着たり、スカートをはいて、傍《そば》でちょろちょろしていても、相手は、五人組のメンバーだとは、思わないんで

す」

と、松本が、いう。

(そういえば、神山明《あきら》は、松本が撮った写真の中に若い女がいたといっていたな)

と、十津川は、思い出していた。

十津川は、ふと、神山という男に、一度、会ってみたいと、思った。

「神山明さんのことなんですがね」

「彼が、どうかしましたか?」

「彼が、捜しに来ると思っていましたか?」

「あの時、私は、社長から、長崎の路面電車と、坂本龍馬と長崎の関係、それにグラバー邸とグラバーの取材をしろと、いわれて、長崎にいましたが、ちょうど、五人組の一員として、長崎の面白歴史作りをやっていましたから、会社の仕事は辞めて逃げようと思っていましてね。まさか、社長が、神山を、捜しに送り込んで来るとは、思いませんでした」

「どうしてです?」

「うちの社長は、もっと、のんびりした人間だと思っていたからです」

「これで、終わりです。本当に解放されるのは怖《こわ》いですか?」

「怖いです。何とか、かくまってください」

と、松本は、いった。

第六章　戦いのナガサキ

1

十津川は迷っていた。松本信也をこれ以上責めても、木下功を殺した犯人には、辿《たど》り着けそうにないと、思ったからである。

五人組のうちの三人、中島秀文、岩田天明、北村愛は、長崎に行ってしまっている。向こうで何をしているのか？　東京で松本信也という男のお守《も》りをしているよりも、長崎に帰った三人の行動のほうが、十津川には、気になっていた。

十津川が、もう一つ、気になっていたのは、「新生日本を創る会」という会が、一億円の懸賞金を出して、明治一五〇年を機に、新しい政治の見方や、明治維新のとらえ方を募集しているのだが、今すぐには、その結果が出そうにないことだった。

それに、十津川の耳に、聞こえてきたのは、一億円の懸賞金を用意したという大日向武という男が、どうやら、政治家や官僚と強い関係を持っていて、一億円の大金を見せながら、実は今までと同じような歴史観や、明治維新の見方などに誘導しようとしているという噂《うわさ》があることだった。

大日向は一億円を見せつけ、募集要項では、今までの明治維新の考え方ではなくて、全く新しい見方による論文を、期待しているといいながら、現在の総理大臣や閣僚と、銀座《ぎんざ》や赤坂《あかさか》で、親し気に話をしているだけといった、そんな噂も流れているのだ。大日向は、そうした重要人物と会うことが、まず、好きな人間なのかもしれない。それで、自分の事業に、利益になればいいし、ならなくても、いい。一億円の論文も、たぶん、そうしたことの一つなのだ。

そこで、十津川は、松本信也を東京に残して、亀井と二人で、急遽《きゅうきょ》、長崎に行ってみることにした。長崎でも、五〇〇万円だが、懸賞のかかった、歴史討論があるというのだ。優勝すると、九州での歴史教育にもかかわるらしい。その途中で、京都での、歴史関連の動きも調べてみた。

長崎空港に降り、市内のホテルに落ち着いてから、十津川が驚いたのは、長崎の空気だった。長崎でも、明治一五〇年問題で騒いでいたが、その騒ぎ方は京都や東京とは、全く違っていた。

京都はさすがに、日本の中心なので、明治維新で、それなりに騒いでいる。

しかし、京都の人の間には、京都は日本そのものだという自負があり、京都を守り、江戸を守ったのは、勤皇《きんのう》方でも、佐幕《さばく》方でもないという考えが、根強かった。

何しろ、京都は、千年の都である。スパンが違う。明治一五〇年、日本の歴史を見直すといっても、京都は簡単には、動かない感じで、ある意味で、中立地帯でもあるのだ。

　東京にも同じことがいえる。東京は政治の都である。東北で、明治一五〇年を機に、日本の歴史に対する考え方を、大きく変えようとしているのは、会津周辺の人々だが、たぶん、政治の見方は、変わっても、政府そのものは、変わらないだろう。そこが、長崎は違っている。

　というのは、やたらに空気が動いているのだ。幕末から、明治維新にかけて、イギリス、アメリカ、フランス、ロシアが、日本に入り込もうとした時に、その主な入口は、長崎だった。今は、歴史の見方も京都や東京のように、ゆっくりと変わっていくのではなくて、めまぐるしく動くのだ。

　明治一五〇年を機に、歴史を見直すとなると、その入口だった長崎や、それにつられて、動くものがたくさんあった。長崎の町も、グラバー邸もで、それに、何といっても歴史の謎を、この機会にもう一度、考えてみようという空気が、長崎にはあふれているように感じられた。

　十津川は、最初から京都は変わらないだろうと見ていた。何しろ、千年の都だからである。

　その点、時代に、つられて動くのは、東京だと思っていた。だから、五人組も、長崎、京都と動いたあと、結局、東京にやって来るだろうと、考えていた。

　東京は政治の都である。特に、日本の政治は、動きやすい。それに、一番大金が動くのは、日本一の大都市東京である。新しい歴史観についての論文募集を前にやったこともある長崎は五〇〇万円、京都は一千万円の懸賞金とわかったが、今回の東京は一億円である。

しかし、その見方は、どうやら、間違っていたらしい。東京の街自体が、肥大化してしまっているのだ。その上、東京に集まる政治家たちは、田舎《いなか》者だらけで、古めかしい意識の持ち主である。時代が激しく動いても、彼らや、彼らが作る政治の世界は、ゆっくりとしか動きそうもない。

そう考えると、激しく動くのは、長崎なのだ。

長崎は、一見、ゆったりとしているが、幕末から、明治維新にかけて、その動乱の入口になったのは、長崎だった。

鎖国の時代は、長崎が、唯一の出入口だった。

幕末になると、イギリス、アメリカ、フランス、ロシアの軍艦（黒船）が押しかけて来たが、その多くが、長崎にやって来たのである。

勤皇の志士たちも、幕臣たちも、西欧の知識と、新しい武器を求めて、長崎にやって来た。それに応じて、イギリスやアメリカ、フランスなどの武器商人も、長崎にやって来た。その代表が、イギリス人のグラバーである。

彼は、日本に武器を売って、大儲《おおもう》けをした。逆にいえば、薩摩、長州、土佐、肥前などは、長崎で、新式の武器を買い込み、幕府軍に勝利したことになる。

明治維新は京都で始まったといわれるが、実際に始まったのは、長崎である。維新の立て役者の西郷隆盛は、鹿児島で指揮を取り、長崎で、グラバーから、武器を購入している。

坂本龍馬たち土佐の脱藩者たちも、長崎で薩摩の西郷から金を借りて、日本最初の株式会社ともいわれる「亀山社中」を立ち上げて、明治維新に備《そな》えていた。

長崎の、薩摩屋敷には、坂本龍馬のような、各藩の脱藩者が、集まっていて、西郷たちも、彼らを喜んで迎え入れているのだ。

つまり、長崎は、ゆれ動く街なのである。

したがって、例の五人組の中の三人は、明治一五〇年の今、成功を夢見て、京都、東京と動いたが、幻滅《げんめつ》を感じて、長崎に、舞い戻ったに違いなかった。

彼らは、歴史再検討で、ゆれ動く街なら、自分たちの能力を生かして、金儲けのチャンスがあると、思っているのだ。

最初、彼らは長崎に目をつけたが、大都市の京都なら、さらにチャンスは、大きいだろうと、読んだのである。

その点、彼らの歴史の見方も、間違っていたに違いなかった。明治維新は、京都で始まり、江戸（東京）で完成したと見て、それを引っ繰り返せば、例の一億円が手に入ると読んだのかもしれない。

だが、彼らは、自分たちの読みの誤りに気付いて、急遽、長崎に舞い戻ったと、十津川は、推理した。

長崎に着いた十津川は、まず、長崎の空気と、三人組の動きを調べた。

東京では、彼らの動きは、ほとんど聞こえてこなかった。

ところが、長崎に来て、驚いたのは、三人組の動きだった。人気が急に出ているのだった。

長崎の今は、過去と将来の日本国の実態についての研究と、そのために明治一五〇年を、どう見るかという討論会が、市内の至るところで開催されていて、三人組は、その中の有力グループとして、活躍しているのだった。

また市内の至るところに、討論会で活躍しているグループの人気投票が、貼り出されていた。

三人組は「NAGASAKIクラブ」と名乗り、現在の成績は、一〇〇組中の三位になっていた。

その人気を確かめるために、翌日、十津川たちは、ホテルで朝食をすませると、市内の討論会場に出かけることにした。

今日は、グラバー園での討論会には、四組が出演するという。グラバー園でやるのは驚きだが、その何処《どこ》でかという詳《くわ》しいことはわからない。

市内に貼り出されたポスターには、NAGASAKIクラブの名前も出ている。

彼らと一緒に出る他の三組は、いずれも二〇位以下の人気というから、NAGASAKIクラブが、いかに人気があるかである。

十津川が、宿泊したホテルの支配人に、彼らの人気の秘密をきいてみた。

「彼らが受ける理由は、いったい何だと思いますか？」

と、十津川は、単刀直入《たんとうちよくにゆう》に、きいた。

支配人は、嬉《うれ》しそうな表情をした。彼も、ファンらしい。

「いろいろ考えられますが、第一は、この長崎に、うまく合わせて話を進めていることがありますね。長崎の人間というのは、人一倍、自尊心が強くて、長崎が日本最初というのが好きなんですよ。そんなところを、くすぐりながら、彼らは、話を進めているんです。また、三人の一人の、北多村勇さんは、ここだけの秘密ですが、現職の文部科学省の役人なんです。彼女が、この明治一五〇年を、文科省が、どう見ているかを正直に話してくれるんですよ。その中には、文科省の役人たちの思惑《おもわく》や、政治家たちの妙な動きなんかも、嘘《うそ》か本当か、ずけずけと暴露《ばくろ》するんです。それともう一つ、長崎の人たちは、京都より先に、明治維新の基礎を作ったと確信しているんですよ。三人は、その功績を、面白おかしく、ほめ上げますからね。さらに、明治維新で謎になっていることは、今日《こんにち》は長崎の謎になっているといって、聴衆に首を傾《かし》げさせるところも、なかなか、上手《うま》いんですよ」

「その謎というのは、たとえば、どんなことですか？」

と、十津川が、きく。

「明治維新の最大の謎といえば、坂本龍馬が誰に殺されたかということでしょう。歴史家や作家は、いまだに、誰が犯人か、決めかねています。見廻組《みまわりぐみ》だという人もいれば、新選組だという人もいます。その動機も、まちまちです。その点、三人組は、新しい犯人像を示しています。いちばん上手いと思うのは、その動機です。それを、この長崎で起きた事件と、上手く結びつけて話すので、聞く人が納得するんです」

と、支配人は、いった。

「そういわれると、どうしても、彼らの話を聞きたくなりますね」

「ぜひ、聞いてください。損はしませんよ」

と、支配人は、笑顔に、なっていた。

「しかし、坂本龍馬が殺されたのは、この長崎ではなくて、京都ですよ」

「ええ、たしかにそうですが、三人組は、京都で殺された理由が、この長崎にあったと、いっているんです。だから、なおさら、長崎の人間にとっては、あの三人組の話が面白いのです」

と、支配人が、いった。

「それで、連中は、誰が、坂本龍馬を殺したといっているんですか？」

十津川がきくと、支配人は笑って、

「それは、私なんかに、きくよりも、三人の話をお聞きになったほうが楽しいですよ。毎日のように長崎中を回って話をしていますから、話も、だんだんうまくなりましてね。一度は聞いても損はありませんよ」

と、いった。

「ポスターには、今日、グラバー園でと書いてありましたが」

十津川が、きくと、ホテルの支配人は、

「確かにグラバー園でしたね。そして、今、申し上げたように、永遠の謎、坂本龍馬を殺した犯人について、喋《しゃべ》るらしいですよ」

「それは、確かに、興味深いテーマですね。私も、ぜひ聞いてみたいですよ。グラバー園ですね、わかりました。これから行ってみます」

十津川も笑って、いった。

支配人に礼をいって別れると、二人は、ホテルの前から、路面電車に乗って、グラバー園に向かった。

2

路面電車を降り、斜行エレベーターに乗ってグラバー園に昇って行く。

グラバー園の中にあるカフェが、今日の講演会の、会場だった。二人が着いた時は、まだ講演は、始まっていなかったが、会場は、すでにほとんど満員で、講演会が、始まるのを待っていた。

まもなく講演会が始まった。

ラストに登場した三人組は、初めに男二人が喋り、最後に、文部科学省の役人だという、北多村勇が喋った。前に京都で、やったという、彼らの講演のビデオを、十津川は見たことがあるが、それは、かなり激しくて面白いものだった。

今日はまず、中島秀文である。彼の講演は、こんな言葉で始まった。

「今年がちょうど明治一五〇年にあたるということもあって、日本の至るところで日本の歴史を見直そうという空気が強くなってきています。その中で特に明治維新については、改めて考え直すべきだという意見が多く出ているようですが、騙《だま》されてはいけませんよ。特に私は、長崎の人たちにいいたいのです。いいですか、明治維新を作ったのは、長崎ですよ。長崎なんです」

そして、会場を見回して、

「皆さんのいる、長崎なんですよ！」

と声を大きくする。それに合わせて、拍手が起きた。慣れている感じだった。

次に、少し声を落として、

「そして薩摩です」

という。

「あの頃最も力があったのは薩摩藩であり、長州藩です。両者の間に入って薩長を結びつけて、明治維新を、成功させたのが、土佐の人間です。そして、この大きな動きの舞台になったのは、長崎なのです。当時、長崎にいたのが薩摩藩の西郷隆盛であり、坂本龍馬であり、土佐藩の浪士たちだったのです。坂本龍馬も土佐藩を脱藩した浪士でしたが、そうした勤皇の志士たちに経済的な援助を与え、また、彼らを使って長州と力を合わせて明治維新を成功させたのが薩摩藩なのです。

ここまでいえば、皆さんは、あの事件を必ず考える。日本の歴史の中で、最も大きな謎だとされているのが、坂本龍馬を殺したのが、いったい誰だったのかということです。多くの歴史家や作家が、勝手に犯人は見廻組だとか新選組だとかいっていますが、私にいわせれば、それらは全て間違っています。今日、われわれ三人で、本当に坂本龍馬を殺したのは誰なのか、そして、その理由を明らかにします。よく聞いて、偽物《にせもの》の歴史家や作家たちに騙されないようにしてください」

中島は、もう一度、満員の会場をゆっくり見回した。そして、中島は、さらに、言葉を続けていく。

「ここでクイズを一つ。日本でどこが最初に、鉄道を、走らせたのか、皆さんは、ご存じでしょうか？　新橋、横浜間とされ、路面の鉄道なら京都だといわれていますが、それは違いますね。私がいうまでもなく、長崎の皆さんは、わかっていらっしゃる。そうです、それは、グラバー邸に住んでいたイギリス人のグラバーです。長崎の町を歩けば、それを証明する碑《ひ》が、建っています。グラバーが、本国イギリスから機関車と客車を持ち込んで、長崎の町に、日本で初めて鉄道を走らせたのですよ。そのことは多くの日本人は知りませんが、長崎の人たちは知っていますね。それが、日本で初めての鉄道だということになっています。このままいけば、日本で最初に鉄道を走らせたのは、イギリス人のグラバーであり、機関車が走ったのは長崎ということになってきます。
その頃、長崎を警備していたのは、肥前の、佐賀藩だということになっています。佐賀藩が長崎港を警備していましたからね。しかし、実質的に、長崎を押さえていたのは佐賀藩ではありません。どこでしょう？　そうです、薩摩藩です。さらにいえば、薩摩藩の西郷吉之助、西郷隆盛です。その薩摩藩には黙って、イギリス人のグラバーは、長崎市内に線路を敷き、イギリス製の機関車と、客車を走らせたのです。長崎の人たちは、面白がって歓迎しましたが、薩摩藩は怒りました。何しろ自分たちには、何の断わりもなく線路を敷き、機関車を走らせたんですからね。

しかし、機関車や客車を走らせたのは、日本人ではなくイギリス人です。そして、この機関車には、イギリスが、長崎を香港のようにする、という野望もかくされていました。イギリスの力というものを、薩摩藩は、薩英《さつえい》戦争で痛いほど思い知らされています。自分たちが問題の機関車を破壊すれば、また薩英戦争になってしまうことは火を見るより明らかです。そこで、西郷は、自分が力を貸して海運業をやらせていた坂本龍馬に、機関車の破壊を頼んだのです。頭がよくて行動力のある坂本龍馬は、かねがね、薩摩藩屋敷に招待されたり、新選組に命を狙《ねら》われた時、逃げ込んだのも薩摩藩屋敷でした。龍馬のほうも、西郷の頼みをむげには、断われなかったのです。それに薩摩藩に金を出してもらって汽船を買い、それを使って、金儲けをしていましたからね。そこで、薩摩藩が金を出して買ってくれた汽船に、大砲を積み込んで、海上から、長崎市内を走っているイギリス製の機関車と客車を砲撃して、それを、叩き潰《つぶ》してしまったのです。

龍馬のこの行動に対しても、長崎市民は拍手喝采《かっさい》でしたが、怒ったのはイギリス公使パークスですよ。首謀者に責任をとらせろと薩摩藩に命令してきたのです。薩英戦争では痛い目にあっていますから、西郷は、自分がやらせた坂本龍馬を処分しなければならなくなった。こうなると、政治というのは、非情なものです。西郷は、龍馬を殺すことを決意したのです。しかし、西郷のような大物が、自ら坂本龍馬の暗殺を実行するわけはありません。第一、西郷吉之助は、体が大きくて、力はあったでしょうが、剣を使って坂本龍馬を殺せるような腕前を身につけていたとは思えません。対して、坂本龍馬のほうは若い時、江戸の千葉《ちば》道場に通い、免許皆伝《かいでん》を受けたほどの、腕前ですからね。

そこで、西郷はどうしたのか？ 当時、薩摩、長州、土佐といった、明治維新を遂行《すいこう》したと思われるこの三藩は、それぞれ、代表的な、殺し屋とつながっていました。土佐藩は岡田以蔵《おかだいぞう》、長州藩は河上彦斎《かわかみげんさい》、薩摩藩は田中新兵衛《たなかしんべえ》、この三人が土佐、長州、薩摩のそれぞれを代表する、殺し屋だったことは、歴史的に証明されています。西郷吉之助は、この時には亡《な》くなっていた田中新兵衛の後輩たちに対して、坂本龍馬の暗殺を命令したのです。

　昨日までの同志でも、今日は敵になる時代ですから、その頃の侍たちには、相手を裏切ることなど、何でもないことだったと思われます。その証拠は、京都の町を守っていた会津、長州、薩摩の動きを見ればよくわかります。最初、薩摩は会津と組んで長州を、京都から追放しています。しかし、次には、長州と薩摩が組んで、会津を、追放しました。こうした、裏切ったり、裏切られたりすることが、日常茶飯《にちじようさはん》事《じ》に、行なわれていたわけですから、薩摩には西郷吉之助がいて、自分たちにとって都合の悪くなった坂本龍馬を、田中新兵衛の後輩たちを使って、京都で殺害させたのです。

　ただ、よく考えてください。坂本龍馬と中岡慎太郎を殺したのは薩摩藩の西郷吉之助ですが、殺せと命令したのは、薩摩藩ではなくて、当時のイギリス公使のパークスです。当時は、外国が日本を占領しているような、そんな感じだったのです。当時、日本に入ってきていたのはイギリス、アメリカ、フランス、ロシア、プロイセンで、その軍備から見て、日本が、太刀《たち》討《う》ちできる相手ではありません。西郷は、口惜《くや》しかったのではないかと思いますが、イギリス公使のパークスを怒らせてしまったら、明治維新は成立いたしません。圧倒的な力を、持っていましたから、もし、イギリス公使パークスを、怒らせてしまったら、明治維新が、できないばかりか、ヘタをすれば薩摩藩が、潰《つぶ》されてしまいます。だから、自分たちの仲間で、同じように、尊王攘夷《そんのうじょうい》を目指していた土佐藩の坂本龍馬を殺したんですよ。もし殺さなければ、二回目の薩英戦争になって、薩摩は滅亡してしまうかもしれませんからね。

当時、イギリス公使パークスが、どれほど、強大な権力を持っていたか、それが、わかるのは薩長の新政府軍が江戸に攻め込んで、江戸の町を廃墟《はいきょ》にしようとした時に、西郷と勝海舟の二人が江戸城は明け渡す、その代わり、江戸は攻撃しないと決めたように思われていますが、本当は違うのですよ。あれは、二人が、芝居をしただけで、本当に西郷が、江戸の攻撃を中止したのは、その前にイギリス公使パークスに、江戸城攻撃は許さないといわれていたからです。

西郷はその時、江戸城攻撃を、決意していました。江戸城を攻略《こうりゃく》し、徳川幕府を、滅ぼしてしまおう。そうしなければ、徳川家は、大藩《たいはん》として残ってしまう。いつ徳川家から攻撃されるかわからない。それが怖いので、勢いに乗じて江戸城を、攻撃し、江戸を焼き払い、そこに新政府軍の旗を立てる。そう、考えていたのです。ところが、それを知ったイギリス公使パークスは、『すでに戦争が終わり、徳川慶喜は、大政奉還をする。そうして降伏を誓っている徳川慶喜を、武力で滅ぼすのは正義に反する』。そういって、イギリス公使パークスは、薩摩や長州の、江戸への攻撃を許さなかったのですよ。

今も申し上げたように、薩摩は大藩ですが、だからといって江戸を攻撃し、徳川幕府を潰すことを、パークスは許さなかったのです。現在の歴史では、江戸城を攻撃から救ったのは、西郷隆盛と、勝海舟の二人だということになっていますが、今申し上げたように、本当はイギリス公使パークスだったのです。パークスが、江戸城の攻撃は許さないといって、西郷を睨《にら》んだだけで、西郷は攻撃をやめてしまったのです。

繰り返しますが、西郷隆盛と勝海舟が二人で話し合って江戸城攻撃をやめて、江戸を救ったというのは、全くの嘘です。イギリス公使パークスが、徳川慶喜がすでに大政奉還の気持ちを持っているのに、江戸城を攻撃するなと釘《くぎ》を刺していたので、西郷隆盛は、江戸城の攻撃ができなくなったのです。ですから、江戸を救ったのはイギリス公使パークスです」

中島が自説を披露《ひろう》すると、それに対して討論が開始された。説得に成功したほうに拍手が送られて、今日の勝者になるらしい。それに、地元のテレビ局が入っているのがわかった。この討論は、地元のテレビで放映されているのである。

最初に討論を挑《いど》んだのは、二〇代の大学生と思われる若い男だった。

「あなたが、何をいおうと、あなたの勝手ですが、西郷隆盛が坂本龍馬をけしかけて、グラバー邸と、グラバーが持ち込んだ蒸気機関車を、海上から砲撃させ、さらに、それについて、外国から抗議が来ると、今度は、殺し屋を使って、同志の坂本龍馬を殺させたというのは、いかにも飛躍しすぎている気がします。西郷吉之助は、坂本龍馬の斡旋《あっせん》で、長州と手を結び、明治維新を、成功させた維新の功労者じゃありませんか。それが、イギリスの公使ごときに怒れたからといって、坂本龍馬を、殺すとは、私には、とても、考えられません。どうしてそんなことになってしまうのか、私が納得できるように、もっとわかりやすく説明していただけませんか」

若い男が、いうと、会場から、拍手が起こった。

中島秀文が答える。それについて岩田天明と北多村勇が、手助けをする。

「京都でも、この長崎でも、薩摩の西郷吉之助と大久保利通《おおくぼとしみち》の二人が、脱藩してきた勤皇の志士、坂本龍馬や中岡慎太郎、長州の桂小五郎《かつらこごろう》などをかくまい、援助していたことは知られています」

「それでは、何のために、そんなことをしていたんですか？」

「お答えします。薩摩藩は、何といっても七七万石の大藩です。京都にも江戸にも、この長崎にも、薩摩屋敷を持っていて、勤皇派のリーダーを任じていました。そんな薩摩藩を頼って、土佐を脱藩した坂本龍馬などが、次々に薩摩屋敷に集まってきたのです。その浪士たちを、西郷は喜んで、薩摩屋敷にかくまい、歓待して金を与えています。これは、西郷や大久保に、狙いがあったからです。薩摩藩はもともと、倒幕派です。勤皇の志士の間にも、さまざまな主義主張があって、天皇と幕府が、手を結んで事にあたろうとする公武合体派《こうぶがったい》もいれば、天皇をいただいて、幕府を倒して、新しい日本を作ろうという倒幕派もいて、西郷隆盛や大久保利通は、そのために、坂本龍馬たちのような脱藩してきた勤皇の志士たちを、薩摩屋敷にかくまって、歓待していたのです。西郷はそうした脱藩者たちを使って、江戸や京都で事件を、起こし、その機に乗じて、幕府を倒して新政府を作るという考えを、持ち続けていたのです。

ですから、長崎で脱藩者の、坂本龍馬に頼まれると、資金援助をして亀山社中を、作らせたりしています。長崎で坂本龍馬たちが、亀山社中を作り、船を借りて商売を始めましたが、金を出したのは、薩摩藩の西郷であり、龍馬たちが船を借りた資金も、もちろん、薩摩藩が出資したものです。龍馬は、偉大な維新の立て役者といわれていますが、西郷から見れば、自分が、金を与えて飼っている、単なる駒の一つだったのではないかと考えるのです」

三人組の討論は、続いている。問題は、その影響力だと十津川は、思った。

3

十津川は、討論会を主催しているスタッフに会って、話を、聞くことにした。

今、長崎の中では、同じような討論会が毎日のように盛んに開かれているという。その主催者の後ろには、長崎県に本部がある、明治維新顕彰会《けんしょう》という団体がいて、後援しているという。

「今、明治一五〇年を記念して、日本の歴史、特に、明治維新について考え直そうという動きが盛んです。長崎県としては、明治維新という日本の近代化は、長崎から始まったという線は、どうしても、守りたいのです。それに、明治維新の原動力は、あくまでも薩摩であり、長州であり、土佐、肥前であり、特に九州なのです。われわれとしては、その歴史も、崩したくありません。かといって、新しい歴史観に対して、全く無反応でもいられない。そこで、新しい歴史観を採《と》り入れるのは自由だが、明治維新は長崎から始まっている。そして、明治維新の主役は、あくまでも、薩摩なのだ。維新の三傑の中には、坂本龍馬と西郷隆盛の二人は、入れておきたいと考えているのです。そうした難しい対応策を取らなくてはならないので、このような、討論会を長崎中で、開くことにしたんですよ。一応、民間団体が、主催している形にしていますが、実際には長崎県と鹿児島県が、大きく関わっています。こういう討論会を、役所がすると、何かと批判されるので、あくまでも、民間団体が自分たちで討論会を企画して、新しい明治維新論を作り上げているということにして、私が申し上げたように、長崎と薩摩藩と西郷隆盛、それにプラス、坂本龍馬という形がほしいと思って、いろいろと、苦労しているのですよ」

と、担当者が、いった。

「今、討論をやっている三人組は有望なんですか？」

　と、十津川が、きいた。

「昔は五人組でした。今年の初めから、いや、去年の暮れから、新しい明治維新観を持って動いていますから、彼らのことは、一応マークしています。ただ、明治維新は長崎からということに関して、時々、京都から始まるように話すことがあるので、あれはマイナス点ですね」

　担当者は、内緒ですよといいながら、時々本《ほん》音《ね》をもらした。

　十津川は、現在、殺人事件を担当していることは、いわずに、

「しかし、彼らの中の一人が、殺されていますが」

「ええ、わかっています。あれは京都で起きた事件ですから、こちらとは、何の関係もありません」

「それに、五人の中の二人は、文科省の職員だとわかりましたが、そのことはご存じですか？」

　十津川が、いうと、相手は笑って、

「もちろん、前から知っています。おそらく、その二人は、文科省のスパイでしょうね」

　と、いう。

「スパイですか」

「ええ、そう思っていますよ」

「どうして、そう、思うんですか？」

「今も申し上げたように、明治一五〇年、会津の人は、戊辰一五〇年というんでしょうが、と

にかくこれを機会に、改めて明治維新を見直そうという空気も、生まれています。文科省としては、それをどう受け止めて、国家としての明治維新の形をどう作るか、考えているんだと思います。それに、政治家は、いろいろと口を出して、きますからね。たとえば、その時の総理大臣が、長州側か会津側かで、明治維新の見方も、がらりと変わってくるおそれがある。文科省としては、その点も、きちんと考えて、いろいろと、策を練っているのではないですかね。国として面白くない歴史にはしたくないでしょうからね。したがって、彼らの話も、文科省には全て報告されていると思いますね。こちらとしても、役所が明治一五〇年を、どういうふうに考えているのかがわかるので、まあ、どっちもどっちではないかと、思っています」

壇上では、まだ、討論が続いている。

「今の長崎県の知事さん、あるいは、長崎市の市長さんは、どこの、ご出身でしょうか？　地元のご出身でしょうか？」

試しに、十津川はきいてみた。

これに対しても、主催者の男は、笑って、

「長崎県の出身ですので、安心しています。今までは、中央の省庁で働いていた高級官僚が、退職後の働き先として、知事や市長に、なっていましたが、これからは、その点は、改められるでしょうね。こちらとしては、明治一五〇年問題については、いろいろと、考えなくてはならないのですが、中央省庁の役人の天下《あまくだ》りが、少なくなるのは大いに歓迎です」

十津川たちは、長崎市内で、行なわれていた他の討論会の会場も、回ってみた。

その一つの会場で、十津川は、会いたいと思っていた神山明を、見つけた。電話で話した時は、いかにも、疲れ切ったサラリーマンとしか、思えなかったが、今の神山は、いやに、若々しく張り切っているように、見えた。

十津川は、近くのカフェに案内して、そこで、話を聞くことにした。この男も殺人の関係者の一人であることは、間違いないのだ。

「いやに、元気じゃないですか。会社を辞めて、いったい、何をやっているんですか？」

十津川は、きいてみた。

「今回の一件で、長崎は、面白いと思ったんですよ。東京や京都でも明治一五〇年に関する問題が、騒がれていますが、私から見ると、ただ騒いでいるだけで、大きく動くとは思えません。その点、長崎は、動いていますよ。今までの歴史を守りたいが、新しいものも見つけたい。そんな気持ちもあってか、官民一体となって大騒ぎを、しているのです。ですから、うまくそれに便乗すれば、誰だって活躍できるかもしれないと思うのです。今、長崎の市内で、やたらに、明治一五〇年問題に関する討論会が、開かれているでしょう？　私は、その会場を回ってメモを取っているんです。どの討論が面白いか、人を、惹《ひ》きつけているか、それを市役所にある、歴史研究会の窓口に、送ると、謝礼として金をくれるんですよ。市役所だって、全ての討論会をマークするわけには、いきませんからね。その手助けをしているんです」

と、神山が、いった。

「そうなると、例の五人組ですか、今は三人組になって市内で、討論して回っているようですが、彼らについては、どう思いますか？」

と、十津川は、きいてみた。

「あの三人ですが、今日中に東京から松本信也が、やって来て、四人組になるそうです。彼は、今の騒ぎに便乗して、何かやってみたい。金儲けをしてみたい。おそらく、そんな気持ちで、いるんじゃないかと思いますよ。あ、それから、最近、奥さんとは別れたそうですよ。もともと、あの夫婦は、協力者みたいなもので、生活のサイクルが合わなかったようですから」

と、いって、神山は、また笑った。


何となく、この男も、明治一五〇年で、はしゃいでいるように見える。松本は、三人に殺されるといっていたが、あれは、何かのジェスチャーだったのか。

「五人組の一人、木下功が、京都で殺されましたよね？」

と、十津川は、あらためて、きいてみた。

「ええ」

「その動機が、わかりますか？」

「殺された男は、文科省の、スパイだったんでしょう？」

「あなたもそう思っているんですか？」

「いや、私だけが、そう思っているのではなくて、長崎の人なら、誰もがみんな、知っていますよ。長崎の人はみんな、明治維新は長崎から始まった。そう考えていますからね。東京の政府は、何とかしてその功績を京都、東京のままにしておこうとしています。そこで、長崎の空気を探《さぐ》ろうとして、五人組の中に、政府のスパイがいると、私なんかは、そう見ているんです。ですから、あの、殺人を、そのきしみではないかと考えている人が、多いんじゃないですかね」

と、神山が、いった。

その口ぶりも、前とはまったく違って、決めつけるような強さがあった。

「あなたは東京の人間ですか？　それとも、長崎の人間ですか？」

十津川は、からかい気味にきいてみたが、それに対しても、神山は、笑顔で、

「今は、長崎の人間ですよ。古い明治維新も新しい明治維新も、この長崎から始まったのです」

明らかに、長崎に、おもねっている。と、いうよりも、あの四人の考えに、おもねっているように見えた。

十津川が、そのことをいうと、神山は、笑って、

「そう見えますか。私は以前から、松本の考えが面白くて、好きでしたから、自然に、松本の入っているあの五人組の考えに賛成してしまったのです。松本を捜しに来て、NAGASAKIクラブのことを知った時、本当は、自分はこういうことをしたかったのだと、思うようになっていました」

と、いった。

たぶん、今の長崎では、五人組、いや、今は四人組か、彼らの議論が、長崎の市民に受け入れられているので、神山は、彼らに迎合《げいごう》しているのだろう。

「松本さんが、離婚したといわれましたが、その原因は、何なんですか？」

と、十津川は、きいてみた。

神山は、また笑った。

「松本の浮気ですよ」

と、いう。

「相手は、五人組の北村愛ですか？」

「当たりです。彼女、なかなか、魅力的ですからね。それに頭もいい」

「彼女のほうも、松本さんに、もともと、好意を持っていたんですか？」

「松本が、あの五人組から、離れられないところを見ると、彼女のほうも、好意を持っているんじゃありませんかね」

「確か、もともと、あなたは『リサーチジャパン』という会社の記者で、同僚の松本さんが、長崎から戻らないので、社長に頼まれて、捜しにきたんでしたね？」

「そうです」

「その時、松本さんは、眼鏡橋近くで、着物姿の女性の写真を撮ったみたいにいっていましたが、その女性が、北村愛だったんですね」

「そのとおりです。あとで、あれに気づいてから、もう松本は、戻って来ないなと、思いましたね。仕事で来た時の、ホテルの部屋も、ツインに替えたいと、いっていたらしいですからね。ああ、それから、丸山で喧嘩して、地元の男に怪我をさせたというのも、北村愛の写真を撮っているところを、邪魔されてカッとしたんじゃないでしょうか。その後、はぐれた北村愛を、近くのクラブで捜していたみたいだし」

と、神山は、いった。

「今も神山さんは、リサーチジャパンと関係はあるのですか？」

「いや。ですから、あの潰れそうな会社は辞めました。というより、本当は馘《くび》になりました」

「どうしてです？　なぜ、馘になったんですか？」

「長崎や京都を、歩き回って、リサーチジャパンに申請していた休暇を越えて、無断欠勤していたから、社長が、腹を立てたんでしょうね」

と、神山は、いう。

「それで、今は、何をしているんですか？」

ときくと、

「何をしているように見えますか？」

と、きき返してきた。その態度で、だいたいの想像がついた。

「ＮＡＧＡＳＡＫＩクラブに、入っているということですか？」

「連絡、宣伝係です」

と、いった。

「何だか、嬉しそうですね？」

「今、連中は、勝ち組ですからね。私のほうから、松本に頼んで、参加させてもらいました」

「しかし、五人は、一〇年来のグループだといっているようですが、よく、入れましたね？」

「幸か不幸か、五人の中の一人が、亡くなりましたから、入れてもらえました。何でも、中国では、奇数が縁起《えんぎ》がよくて、偶数は、悪いということで、私を入れて、五人組にしたといわれました」

と、神山は、いった。

十津川が、次の質問を考えていると、神山のスマホが鳴った。

「神山です」

と、笑顔で、応じている。

「次の会場のことですか。ええ、午後五時から、確保しているはずです。わかりました。これから、現場に行って、確認します」

と、応じてから、十津川に向かって、

「急用が出来ました。訊問《じんもん》は、あとにしてくれませんか」

と、いい、手をあげて、タクシーを停《と》めた。

生き生きとしていた。

急に、十津川は、神山が、気になってきた。

「これから、どこへ行くんですか？」

と、きくと、神山は、

「眼鏡橋そばの公民館！」

と、大声で叫んで、タクシーとともに、姿を消した。

4

離れたところにいた亀井刑事が、近寄ってきて、

「あの男、いやに元気でしたね？」

と、いった。

「それで、気になったんだ。五人組の木下功が殺されたが、容疑者が、一人増えた感じを受けた」

「もともと、五人組に自分が入るために、その一人の木下功を殺したということですか？」

「少し乱暴だが、そうも考えたくなるね。最初に、あの男と話した時は、いかにもうだつのあがらないサラリーマンに思えたんだ。リサーチジャパンという会社も、小さくて、神山は、もっと大きな、給料の高い会社で働きたがっているみたいだったからね」

「その大会社の代わりが、あのＮＡＧＡＳＡＫＩクラブですか」

「サラリーマンが、中年になってから、大会社に移るのは、難しいからね。ＮＡＧＡＳＡＫＩクラブは、大会社じゃないが、今は、勝ち組だからね。そのＮＡＧＡＳＡＫＩクラブに入れたので、あんなに、生き生きとしているんだ」

「そうなると、ますます、あの男に、殺人の容疑が生まれてきますね」

「しばらく、神山明をマークしてみるか」

と、十津川は、いった。

タクシーを停め、眼鏡橋近くの公民館に行ってみることにした。

眼鏡橋のたもとで、タクシーを降りた。

「確か、この近くに、坂本龍馬の像がありましたね」

と、亀井が、いった。

「長崎には、坂本龍馬の像が多いんだ。眼鏡橋のそば、正しくは袋橋のたもと、丸山公園、風頭公園――」

「それに、龍馬のブーツだけをかたどったものもありましたね」

と、亀井刑事も、声を合わせるように、いった。

十津川は、ふと、奇妙な懐《なつ》かしさを感じた。

十津川たちが、今回の事件捜査に参加して、さして時間は、経《た》っていない。

それも、東京で起きた事件ではなかった。京都で、殺された男が、東京の人間で、その上、文部科学省の官僚だったことからの捜査参加であった。

それなのに、懐かしく感じたのである。

（なぜなのだろう？）

と、十津川は、考えたが、すぐには、答えは、見つからなかった。

二人は、公民館を探して歩き、見つけて、責任者に会った時には、すでに、神山の姿は消えていた。

十津川が、神山の名前を出すと、責任者は、

「とにかく、お忙しい方ですね。明後日《あさって》の討論会場の予約をこれから再確認するんだと、飛び出して行きましたよ。それから、名刺をいただきました」

と、その名刺を見せてくれた。

「ＮＡＧＡＳＡＫＩクラブ
神山　明」

とあり、クラブの電話番号と、神山のスマホの番号が、あった。

住所の記入はない。とすると、今は、東京に住んでいないのか。

裏を返すと、五人の名前が、並べて印刷されていた。五人の名前の中に、京都で殺された木下功（高橋誠）はなく、代わりに、神山明の名前が書かれていた。

「名刺のNAGASAKIクラブは、よく、ご存じですか？」

と、十津川は、きいた。

「今、このグループのことを知らない長崎市民は、いないでしょう。長崎で開催される『明治維新と長崎』という討論会は、今や、市民の誰もが、知っていて、どのグループが優勝するか、見守っています」

「この名刺のNAGASAKIクラブは、優勝しそうですか？」

「今のところ、最有力候補でしょうね。とにかく、どの会場でも、一番拍手が大きいですからね」

「優勝すると、どんな利益があるんですか？」

と、十津川が、きいた。

「まず、映画の話が来るでしょうね。それから、長崎のというより、九州の学校が使う歴史教材に、採用されますね。この利益は、大きいですよ。このグループの一人が、次の長崎県知事、あるいは市長に立候補すれば、間違いなく、当選するだろうとも、いわれています」

五人組の目標は、東京の一億円ではなくて、こちらだったのかもしれない。十津川は、そう思った。

「何だか、嬉しそうですね」

と、十津川が、いった。

「このグループが、今、会員を募集しているんですよ。それが人気でしてね。私も、やっと、会員になれました」

責任者は、嬉しそうにいい、その会員証を見せてくれた。

そのナンバーを見ると、五〇〇〇六番になっていた。

「会員になると、何かいいことがあるんですか？」

と、亀井がきくと、

「今の日本は、完全なコネ社会じゃありませんか。首相とコネがあればどんなことでもできてしまう。いや、首相の奥さんとのコネでも、日本では、力になるんですよ。このＮＡＧＡＳＡＫＩクラブが、優勝すれば、長崎の政財界、官界に、大きな影響力を持つでしょうね。いや、長崎だけでなく、九州全域にね。だから、今から、このグループと、コネを持とうと思っているんです」

「この会員証が、威力を発揮するわけですか」

「そうですが、特別会員証もあるんです。五〇名しかいないんですが、何とか特別会員になろうと思っているんです。会費は高いですけど」

と、責任者は、いった。

「それは、いくらなんですか？」

「一〇〇万円です」

「高いですねえ」

「それが、どれほどの利益を生むかと考えれば、安いものですよ」

と、責任者は、笑った。

十津川は、納得した。この長崎で、今や、四人組は、途方もなく大きな存在になりつつあるのだ。だから、あらためて、四人組や、神山のことを考えると、妙に懐かしく感じたのだろう。

(懐かしいけれど、犯人だったら、逮捕してやる)

と、十津川は、思った。

第七章　栄光と挫折と

1

東京では、一億円の賞金で有名になった、明治一五〇年を迎えて新しい歴史観はどうあるべきかという論文懸賞の結果発表が、九月八日だった。慶応四年（一八六八）九月八日に明治と改元したのにちなんでのことだった。

木下功が殺されてから、半年がたっていた。

一方、長崎でも、延々と続いた論戦の結果が同じく九月八日で決まり、最も市民の支持を集めた優勝チームが発表されることになった。

東京の場合は、さらにいえば、この日、臨時国会が開かれ、政府側の新しい総理大臣と、野党側の党首の代表により、明治一五〇年を迎えるにあたっての、討論が行なわれることになっていた。

この党首討論の目玉は、前首相の急病で交代し、政権についたばかりの阿藤《あとう》首相が山口県、長州の生まれ、相手の野党第一党、松平《まつだいら》党首が福島県、会津の生まれということだった。これが、面白いということで、テレビ中継も行なわれることになっていた。

しかし、結果的に見ると、東京のこの二つの催《もよお》しは、評判倒れで面白くなかった。

まず、賞金一億円の論文である。たしかに九月八日の正午に受賞作が、新聞記者やテレビのカメラが集まるTホテルの大広間で、仰々《ぎょうぎょう》しく発表された。

受賞した元大学教授の名前と論文の内容が発表され、受賞者の講演が始まると、たちまち、会場には白《しら》けた空気が広がっていった。

まず受賞者である。せめて、若い新進気鋭の学者か、あるいは外国人なら、面白かったのに、実際に、受賞者となったのは、今年八〇歳で、長年、国立大学で、教鞭《きょうべん》をとっていたという歴史学者だった。

その老学者は、以前にも「明治維新に関する一考察」という論文を、雑誌に発表していたが、内容は無難で、まったく面白くないという、評判だった。

今回、一億円の論文を、発表したわけだが、会場でマイクを片手に、その論文の内容というか、その前に、新しい明治維新についての解釈を延々と話し始めたのである。それは、以前に、雑誌に発表したものとほとんど同じで、途中で、会場から出てしまう来場者も、多かった。無難な解釈だったのだ。

「われわれは、この先、どう生きたらいいのか、その考えを論文にまとめました。私は、過去を見ません。そんなことをするのは時間の無駄だからです。ある人は明治一五〇年といい、ある人は戊辰一五〇年という。また、ある人は官軍といい、ある人は賊軍だという。薩長といい、会津という。たしかに過去には争いがあった。

しかし、そんなことに、いつまでもこだわっていたら、日本というこんな小さな国は、たちまちのうちに滅《ほろ》びてしまいます。そうならないためには、いったいどうしたらいいのか？　それには、過去を封印して将来を見つめることです。

国内だけに目を向けて、今もいったように明治一五〇年だ、戊辰一五〇年だとか、あるいは長州だ、薩摩だ、会津だ、官軍だ、賊軍だといっていたら、間違いなくこれからの世界に遅れてしまい、生き残る術《すべ》を失ってしまうでしょう。世界を見てください」

確かに無難だが、面白みはない。だから、拍手が、少なかった。

この発表に合わせたように、臨時国会が開かれ、冒頭、阿藤総理大臣と、野党第一党の松平党首とが、明治一五〇年（戊辰一五〇年）を迎えるにあたって、これからの日本をどうしたらいいのかという討論をするという。

それがちょうど午後一時に始まり、テレビ放送も開始された。こちらのほうは、少しは面白くなるだろうと、テレビも新聞も期待していた。なぜなら、阿藤首相は長州の出身で、毛利《もうり》家の家老の子孫にあたるという。このことが何回も宣伝されていた。

松平党首のほうはといえば、その名前からもわかるように会津藩主、松平容保《かたもり》の子孫だという。そうした長州出身の首相と会津出身の野党党首の討論だから、さぞや面白いことになるだろうと、人々は期待したのである。

しかし、党首討論が始まった途端に、これはとても、面白くなりそうにないと、記者たちもテレビの前の国民も、首を、かしげてしまった。

どうやら前日の九月七日に、総理大臣と野党第一党党首の二人が、外務省、文科省、そして、防衛省から幹部を呼んで、どんなことを話し合ったらいいのか、どんな討論を国民は望んでいるかの、レクチャーを受けていたらしいのである。

そのレクチャーの中で、外務省の幹部は、現在の世界は動いている。刻々と動いている。そうした世界の情勢から見れば、明治だとか戊辰だとか、薩長だとか会津だとか、賊軍だとか官軍だとかいう争いは、日本という小さな国の井戸の中の争いにしか見えない。そんな争いを延々とやっていたら、日本という国は、どうしてこんなに小さいのか、過去ばかり見て、未来を見ようとしないのかと、世界中から軽蔑《けいべつ》されるに、決まっている。

したがって、討論の主題は過去ではなくて、未来ということにしていただきたい。そうしていただかないと、世界中に、散らばっている日本の大使や領事などは肩身が狭くなって、これからの仕事ができませんという忠告があったらしいのだ。

文科官僚も、もともと党首討論で長州と会津の対立という形は、現在進めている愛国教育から見ると邪魔になって仕方がない。

文科省が考える愛国というのは、長州対会津ではない。日本対世界という目で見た時の愛国である。それが、長州魂《だましい》とか会津魂とか、薩摩魂といわれては、愛国教育にとっては完全なマイナスである。

とにかく明治、あるいは戊辰で、分裂していた日本の国内を、やっと統一したのである。それをただ単に面白いからといって、昔に戻して分裂させ、楽しむのは、困る。勝手に自説を主張するのはやめて、早々に明治維新の精神に戻って日本の意識を統一し直してほしい。そして、愛国教育を徹底してほしい。

したがって、党首討論をするのは結構だが、その党首討論の中で、面白いからといって、阿藤首相が長州の代表になったり、野党の松平党首が、会津の代表になってもらっては困るのである。

最後の防衛省は、もっと、あからさまだったという。

明治を迎えるまで日本の軍隊は、各藩でバラバラだった。その上、勤皇と佐幕に分かれて相《あい》争《あらそ》っていた。その頃の日本の軍隊には、外国の軍隊に、戦いを挑むだけの実力はなかった。それをお互いに血を流しながら、少しずつ日本の軍隊として統一していったのである。徴兵制のもとで、日本はようやく欧米諸国の軍隊に伍《ご》して戦えるようになった。徴兵制によって集められた軍隊、その軍隊の強さは薩長でも会津でもなく、日本の天皇の軍隊だったからである。

そして最後に、首相にだけ、防衛省として

は、将来、日本の軍隊は徴兵制を敷くことが希望である。もっとも強い軍隊は徴兵制である。それを、レクチャーしたらしい。

それらの意を受けての党首討論だから、面白くなりようがなかったのだ。

2

長崎でも、この日九月八日に、それまで延々と続いていた討論合戦の決着がつき、正午に優勝したチームが発表された。

その、長崎だけが賑《にぎ》やかだった。長く続いた討論会がこの日終了し、優勝は十津川が考えていた通り、例の四人（五人）が集まったNAGASAKIクラブだった。

長崎だけが、活気があり、面白かったのはその独自性だった。東京と京都は、依然《いぜん》として明治一五〇年に固執《こしつ》し、会津は逆に明治一五〇年を否定し、戊辰一五〇年を主張してきた。

その点、長崎は九月八日まで明治一五〇年をいってきたので、これから年末までは戊辰一五〇年を主とすると宣言した。

それに、長崎という街自体、今世紀まで、日本でもっとも自由な街だったということができる。豊臣秀吉《とよとみひでよし》が長崎を天領とし、それを徳川家《いえ》康《やす》が受け継《つ》いで、江戸時代の終わりまで長崎は、天領だった。

日本が鎖国をした後も、長崎は世界に対する唯一の窓としてオランダ商館と唐人《とうじん》屋敷が存在し、オランダが力を失ってイギリスが台頭《たいとう》してきた後は、イギリスを初めとした各国の商人がやってきた。

その自由さを求めて、幕末には、多くの脱藩浪士が、長崎に集まってきた。その代表的な人物は、坂本龍馬や中岡慎太郎といった土佐藩の浪士だろう。青春を楽しもうと、幕末から明治にかけて全国の脱藩浪士たちが、長崎に集まってきたのである。

京都にも多くの浪士が集まっていた。しかし、彼らが京都に集まった理由は、ひたすら戦うためだった。勤皇の志士たちは、勤皇倒幕のために集まり、新選組、あるいは会津藩の藩士たちは、その勤皇倒幕の浪士を抑《おさ》えるために京都に来ていたのである。つまり、京都は戦うための戦場だった。

それに比《くら》べて長崎は、自由を楽しむための場所だった。それに、ここに集まってきた浪士たちもイギリスその他の国の商人たちも、商売をするために長崎に集まってきたのである。

坂本龍馬を例に取れば、彼がもっとも生き生きとしていたのは、長崎で日本で初めてといわれる株式会社、亀山社中を作って外国相手に商売をしている時だったといわれている。

今回、ＮＡＧＡＳＡＫＩクラブが激戦の討論会を勝ち抜いて優勝した理由の一つには、坂本龍馬やイギリス商人たちを、その視点でとらえたことにあるといわれた。

そこで、十津川は、亀井と、その優勝祝賀会を見るために、長崎に出かけた。

会場は新しく長崎市内の中心部に造られたド

ームだった。十津川たちが行った時には、すでに式典が始まっていた。

会場で、十津川が驚いたのは、

「本日九月八日まで長崎では明治一五〇年という言葉を使ってきたが、今日から年末まで戊辰一五〇年を使用することにする。ただし、個人的に明治一五〇年を使用し、主張することは自由である」

と、書かれていたことだった。

舞台上には優勝したＮＡＧＡＳＡＫＩクラブの連中が並んでいた。

十津川は、四人ではないかと思っていたのだが、神山明が、ちゃっかり加わって五人になっていた。

十津川は、神山明がすんなり加入したようには思えなかった。これには何か理由があると思ったが、式典の行事が行なわれている間には、わからなかった。

五人の中の一人、中島秀文が、代表して、優勝の礼をいい、合わせて自分たちの主張を、披《ひ》瀝《れき》した。それは、彼らが討論会で主張していたことだった。

「私たちは、もともと亡くなった木下功を含めて五人、今回、長崎県が主催した新しい日本史観についての討論会に参加するために長崎にやって来ました。

五人の中には長崎の出身者もおりますが、私は、北海道の出身です。長崎にやって来て、私たちは、たちまち、長崎の魅力の虜《とりこ》になりました。私たちが長崎で知ったのは自由と独立の精神です。それが、私たちを魅了したのです。

現在の日本は、一見すると、自由があるように見えますが、事実は違います。日本を支配しているのは、古びたコネの精神です。今の政治家、官僚を見れば、彼らが自由と正義のために働いているとは、とても思えません。彼らは、コネで動いているのです。ですから、総理大臣とコネのある人間は大学だって作れるし、文科省のトップとコネがあれば、息子を有名大学に潜《もぐ》り込ませることもできるのです。

それに比べて、長崎は全てが、自由です。それは、長崎が豊臣秀吉の頃から江戸時代にわたって天領だったことに起因すると、われわれは気がつきました。

さらにまた、鎖国日本で、長崎だけが外国人が自由に行動できる場所でした。だから、日本の若者たちと交流でき、若者たちは世界の空気を吸って、この長崎で自由に動き回っていたのです。

当時、各藩で不満を持ち続けていた若侍《わかざむらい》たちが脱藩して、この長崎に集まってきたのです。その代表が坂本龍馬であることは間違いないでしょう。

坂本龍馬という人物は、薩長連合を成《な》し遂《と》げた人間として有名ですが、私たちが見たところ、彼がもっとも生き生きとしていた時代は長崎の時代です。当時の土佐藩の前藩主で実力者の、山内容堂《やまうちようどう》は、わがままで、横暴でした。もし、坂本龍馬が土佐藩に残っていたら、間違いなく山内容堂によって、腹を切らされていたでしょう。龍馬自身もそのことをわかっていて、危なくなると二度にわたって脱藩し、二度とも、この長崎に逃げてきています。ここで、彼は生き生きと、日本最初の会社といわれる亀山社中を作り、同じ土佐の脱藩者や他の藩の脱藩者を集め、商売を始めたのです。

それに対して薩摩藩が資金を出しました。また、当時、長崎に来ていたイギリス商人たち、特にグラバーは最初、武器商人として長崎に来たのですが、その商売相手として龍馬と亀山社中を、選びました。坂本龍馬たちは、グラバーから、最新式の武器を買い入れ、それを当時、外国貿易を禁じられていた長州藩に売っていたのです。

つまり、薩摩藩が、資金を出し、亀山社中がグラバーから武器を買ったことにして、それを長州藩に流していたのです。それが薩長連合を生み、明治維新を生んだことになります。

しかし、坂本龍馬自身は、勤皇倒幕も攘夷も望んでいませんでした。龍馬が何よりも望んでいたのは、開国であり、自由な貿易でした。世界を相手に貿易をし、開かれた日本を作ろうとしていました。したがって、薩長連合が出来ると、龍馬自身は、政治活動から退《しりぞ》いてしまうのです。

彼が望んでいたのは自由な交易でした。最初に薩摩藩から金を借りて、亀山社中を作りましたが、途中から海援隊に改め、薩摩藩からの、自由を勝ち取っています。ですから、この長崎で商売をしていた時の坂本龍馬は、もっとも幸せだったのではないかと、私は考えます。

ですから、坂本龍馬はおりょうさんと結婚すると、鹿児島に新婚旅行に行ったりしています。つまり、その間、勤皇の志士として働いていたわけではないのです。たぶん龍馬は、新しい日本の政治は薩長などに任《まか》せておけばいい。自分は船に乗って世界を回り、交易をしたいと考え、その中心として彼の中には長崎があったと、私は考えるのです。

このまま、暗殺されずに、世界貿易を続けていたら、彼は、岩崎弥太郎に代わって、三菱財閥を創《つく》っていたと思うのです。

長崎の人々も、また、そんな坂本龍馬を愛していたはずです。もちろん、今も、愛しているでしょう。だから、坂本龍馬の生まれた土佐、龍馬が亡くなった京都に比べて、この長崎が、龍馬関係のスポットが一番多い理由だろうと、私たちは考えています。

風頭公園、丸山公園、眼鏡橋、龍馬通り、そこに龍馬の銅像があることは、皆さんよくご存じでしょう。これは間違いなく、龍馬がこの長崎を愛し、また、長崎の人々もそうした、侍ではない、世界の商人としての龍馬を、愛していたのでしょう。だからこそ、私が驚いたのは、龍馬の銅像だけではなくて、龍馬が履《は》いていた西洋風の靴の像が、長崎の港が見える場所に置かれていることでした。あれは侍の象徴ではありません。西洋式の靴を履いて、龍馬が長崎中を歩き回っていた、商人の象徴だと思うのです。

もう一つ、有名な龍馬の写真が、あります。右手を懐《ふところ》に入れている有名な写真です。

あの写真を撮ったのは慶応二年（一八六六）のことで、この長崎で井上俊三《いのうえしゅんぞう》という当時の写真家が撮ったものだということを、私は長崎に来て知りました。龍馬は、他の場所では写真を撮っていません。このこともまた、龍馬が、長崎を好きだった証拠になると、私は、思うのです。

長崎のもう一つの魅力は、日本で最初の鉄道を、市内に走らせたことです。

現在、日本の最初の鉄道は、東京の新橋を走った列車だといわれていますが、それよりも、はるかに早く、長崎の商人グラバーが、長崎市内に線路を敷き、本国のイギリスから、機関車と客車を持ってきて走らせているのです。どう考えても、これが日本で初めての鉄道ではないかと、私は思うのです。

ただ、それがどうして続かなかったのか？続いていれば間違いなく、この鉄道は長崎市内を走る電車となり、現在の長崎を走る路面電車の始まりになったはずです。それを壊《こわ》してしまったのは、間違いなく、西郷隆盛だと、私たちは、考えています。

西郷隆盛、当時は、西郷吉之助ですが、当時、長崎を含めた九州全体で、もっとも力を持っていたのは、彼の属する薩摩藩です。何しろ、七七万石の大藩でしたから。その薩摩藩、あるいは西郷吉之助は、坂本龍馬に金を貸して、この長崎で交易をやらせていました。

この西郷吉之助、あるいは大久保利通たちは、一応、明治維新の功労者ということになっていますが、坂本龍馬が生きていた時代、グラバーが商人として武器などを売り込んでいた頃、西郷や大久保は、尊王攘夷を主張していました。つまり、天皇を仰《あお》ぎ、そして、外国を打ち払う、それを叫んでいたわけです。開国ではありません。

当時、西郷吉之助も、大久保利通も尊王攘夷、天皇をいただき、外国人を打ち払おうという思想を、持っていたわけです。

薩長が、中心となって新政府が出来上がると、途端に彼らは攘夷を引っ込め、開国を叫ぶようになりました。なぜ、そんなことをしたのか？

後になってから西郷も大久保も、次のようにいっています。

攘夷を叫ぶことによって幕府を追い詰めることができる。だから、倒幕の手段として、攘夷を叫んでいたのだと、いっています。当時の孝《こう》明《めい》天皇は外国嫌いで、とにかく日本にやって来たイギリスやフランス、ロシアなどを、すぐに打ち払えと幕府に、命令していたのです。

幕府に、その力はありません。か、それができなければ、ますます、天皇のご機嫌を損《そこ》ねてしまう。周囲は、なぜ外国を打ち払えないのかと、幕府を非難する。

そうなれば、幕府は一層、窮地《きゆうち》に追い込まれてしまう。その状況を西郷や大久保は狙《ねら》っていたわけです。

ですから、形としても彼らは攘夷を実行しなければいけないわけです。尊王攘夷を叫び、その実行を幕府に要求していたわけですから。

そんな時、イギリスの武器商人グラバーが、長崎に日本で初めての鉄道を持ち込んできました。線路を敷き、イギリスの有名な蒸気機関車を持ってきて、客車を、つないで走らせたのです。

そうしたイギリスの勝手さ、横暴さを、黙って見過ごしていたら、尊王攘夷の主張が、おかしくなってしまいます。そのイギリスには、長崎を香港のようにしようという、考えもあったのです。だから、西郷としては、長崎港からグラバー邸の下まで敷かれた鉄道の線路、そこを走る蒸気機関車や客車などを黙って見ているわけにはいかなかったのです。

しかし、薩摩は、それを表立って実行することはできません。なぜなら、グラバーの後ろには、イギリス公使のパークスが付いているからです。グラバーを攻撃すれば、イギリスが乗り出してくるのです。

そこで、西郷は、日頃金を出して貿易会社、亀山社中を、やらせている坂本龍馬に頼んだわけです。長崎市内を走る列車、今でいえば路面電車ですよね。それを何とかしろと頼んだのです。

坂本龍馬としては、薩摩藩に、金を借り、貿易に使用している汽船まで、買ってもらっているわけですから、西郷の頼みを無下《むげ》に断わることはできません。そこで、夜遅く、大砲を積み込んだ亀山社中の汽船をグラバー邸の沖合に出して、長崎市内を走っているイギリス製の機関車と客車を、砲撃したのです。

日本最初の鉄道ということになっていますが、今から見れば、オモチャみたいな鉄道ですからね。大砲の弾《たま》を浴びて、吹き飛んでしまった。それで、西郷は、ほくそ笑《え》んでいたわけですが、怒ったのはイギリスの武器商人で、長崎市内に、鉄道を走らせていたグラバーですよ。犯人が坂本龍馬で、その背後で糸を引いているのは薩摩藩らしいと知って、グラバーは、当時の駐日イギリス公使パークスに報告しました。

パークスは、絶大な力を持っていました。当時、日本で力を持っていたのは、イギリスとフランスでしたが、パークスは、フランス公使のロッシュに対抗して、いわゆる、パークス外交を展開しました。

それに、本国では、ナポレオンがイギリスに敗北して以来、海外での力も、フランスに比べてイギリスのほうが大きくなっていました。

そうした大きなイギリスの力を、背景にして、パークスは薩摩藩に向かって、その代表の西郷に対して、鉄道砲撃の責任を取るようにと迫ったのです。

当時、日本に来ていたイギリスの力が、どれほど強いものであったか、それは、今お話ししたように、本国では、フランスのナポレオンを、破り、アジアに手を伸ばしてきていた。それに、薩英戦争では、薩摩は負けていますからね。したがって、パークス公使の行動を西郷としては、無視できなかったのです。

といって、自分で坂本龍馬を処罰することはできません。これは私の想像なのですが、薩摩で一番の人斬りといわれて恐れられていた、田中新兵衛の後輩たちを使って、京都で坂本龍馬を暗殺させたのではないかと、私は考えるのです。

維新直前に亡くなったという悲劇で、また、薩長連合を完成させたということで、坂本龍馬の人気は高くなりました。

しかし、本当に坂本龍馬のことを愛していたのは、長崎の市民だったと、私は思っているのです。そして、長崎を、龍馬も愛していたと思うのです。

坂本龍馬ですが、龍馬一人で明治維新を成し遂げたような話が作られましたが、今、私がお話ししたように、龍馬の本当の姿は、この長崎で亀山社中を作り、また、世界を股《また》にかけて貿易をすること、それが彼の夢だった。政治のヒーローになることではなかった。

ですから、彼は政治的な問題が起こると、二度も脱藩し、雲隠れしていたわけです。そうしたことを一番よく知っていた長崎の人たちが、長崎の市内に七カ所も坂本龍馬の銅像を作っているのです。

龍馬が亡くなった京都、あるいは龍馬が夢に描いていた新しい政府が出来た東京、そこには、この長崎ほど、多くの銅像は作られていません。そのことを見ても、龍馬の本音《ほんね》がどこにあったのか、わかります。何回も繰り返しますが、長崎で株式会社亀山社中を作り、汽船を使って貿易をすること。それが龍馬の本当の夢だったと、私は考えています。

こうした考えを持って、NAGASAKIクラブは、一年にわたる長崎の討論会に参加し、今回ありがたくも優勝することができました。私たちは、これを、何とかして、長崎の町に、長崎の皆さんに、お返ししたいと念じていますす」

これが、五人を代表した中島秀文のあいさつだった。

主催者が苦笑しているのは、ほとんど彼らが作った論文の全文を喋《しゃべ》ってしまったからだろう。それでも、会場内は温かい拍手に包まれた。

十津川は、会場内にいた小林《こばやし》という、長崎県知事の秘書を見つけて、話しかけた。

「今回優勝した五人、NAGASAKIクラブの面々ですが、賞金は別にして、他にどのくらいの利益を、得ることになるのでしょうか？」

と、十津川が、きいた。

小林は、

「現在、学校教材への採用は、地方自治体に任されていますから、たぶん今回優勝したNAGASAKIクラブの論文、それは、長崎県内はもちろん、九州全体の学校で採用されるのではないかと、考えます。これは、莫大《ばくだい》な利益になりますよ。一度教材への採用が決まってしまえば、簡単には打ち切ることができません。つまり、今後何年間かは、続くわけです」

「それはすごいですね」

「それから、彼らが論文で展開した長崎の歴史のストーリーと、坂本龍馬の物語が、面白いというので、映画を作ることがすでに決まっていています。そうなれば、なおさらのこと、連中の懐に入る利益は、大きくなりますよ。うらやましいですね」

小林が、笑った。

五人組の、目標にしていたのは、やはり長崎の論文だったのだ。


次に、十津川は亀井刑事を連れて、長崎県警本部の捜査一課に、伊地知《いじち》という警部を、訪ねていった。別にＮＡＧＡＳＡＫＩクラブの高橋誠こと木下功が、殺されたことについて捜査の相談に行ったわけではなかった。木下功が殺されたのは、京都だから、当然、京都府警とは、継続して、捜査について話し合っていた。

長崎県警の伊地知警部への用事は、討論会で優勝したＮＡＧＡＳＡＫＩクラブの五人、あのグループが長崎市内、あるいは長崎県下で、現在どんな評判になっているのかを、聞きにいったのである。

若い伊地知警部は、今回の討論会や、それに優勝したＮＡＧＡＳＡＫＩクラブに興味を持っていたらしく、笑顔で、十津川と亀井の二人を迎えてくれた。しかし、

「あの五人組の一人が、殺されたのは京都でしょう？　その捜査は、京都府警がやるべきものですから、うちとしては捜査の協力はできませ

ん」

と、釘《くぎ》を刺されてしまった。

十津川は、苦笑して、

「もちろん、それは、わかっています。私が知りたいのは、優勝したＮＡＧＡＳＡＫＩクラブの連中が、現在どんな評判になっているのかということです。知事の秘書に聞いたところでは、彼らの書いた論文が学校の教材に採用されたり、それから、映画も作られるので、莫大な利益が、彼らの懐に入るはずだと教えられました。伊地知さんも同じ意見ですか？」

「そうですね。とにかく大変な、評判ですよ。東京と京都は、九月八日に明治一五〇年の歴史論文の発表を迎えたわけですが、どちらも現状を認めたような日本論ですから、それほど、沸《わ》き上がってはいませんね。その点、長崎は賑やかで、あの連中が当然のように、人気者になっています。九州地方だけではなくて、中国や四国からも講演に来てくれと呼ばれていて、目の回るような忙しさだそうですよ」

と、伊地知が、教えてくれた。

「しかし、彼らの中の一人が、京都で殺されたことについては、どう、考えているんでしょうかね？」

と、亀井が、きいた。

「その点については、なるべく、話題にしないようにしているのではないかと、思いますね。私が新聞記者から聞いた話ですが、その記者が、殺された木下功について質問をすると、彼らは、露骨に不愉快そうな顔をして、その話はしたくないと、突っぱねられたそうですよ」

と、伊地知が、いった。

「しかし、結論としては、いくら彼らが人気者になったとしても、殺人事件ですからね。捜査をしないわけにはいきません」

「たしか、あの五人のうち、殺された高橋誠こと木下功と、もう一人、女性の北村愛が文科省の役人で、有給休暇を取って、今回の討論会に参加していたと聞いています」

「私も、そのことが、気になっています。木下功のほうは、亡くなっていますから、文科省も問題にはしていないでしょうが、もう一人の北村愛のほうは、現職の文科省の人間が長崎県の討論会に参加しているわけですから、現在の状況をどう見ているのか、それが気になります」

十津川が、いうと、伊地知は、

「それで、文科省に電話してみたのです。そうしたら、北村愛から辞職願が出ているそうですよ。まあ、彼女にしてみれば、これから金がどんどん入ってくるのですから、別に文科省の役人でいなくてもいいわけですからね」

と、いった。

「北村愛は本当に辞表を出したんですか？」

「そう、聞きました」

「文科省のほうは、二人のことをどう考えているんでしょうかね？」

「これは、あくまでも、文科省にいる職員の一人の感想なんですが、もともと北村愛は、明治維新や坂本龍馬、あるいは尊王攘夷などの考えについて、文科省の考えとは違っていたので、そのうちに辞表を出してくるだろうと思っていたと、いっているんですよ。しかし、京都で殺された木下功のほうは、文科省の考えと似たような考えを、明治維新や尊干攘夷、坂本龍馬について持っていたそうです」

と、伊地知警部が、いった。

3

その後、NAGASAKIクラブの五人は、さらに、人気を集めていった。長崎市内、そして長崎県内の小学校が、歴史の教材に、彼らの論文を採用することになり、問い合わせがますます増えてきたし、彼らを主人公にした、あるいは彼らの考えたストーリーを、そのまま使った映画も作られるという話も、聞こえてきた。そのため、彼らを捕まえることが、なかなかできなくなった。

それでも、十津川は亀井と二人、彼らが泊まっている長崎市内のホテルに出かけていき、アポは取らずに、五人が帰ってくるのを待った。

その日の夜、一二時近くになって、やっと彼らが帰ってきた。それを強引に捕まえた。五人は、少し酔っていた。

「何としてでも、皆さんにお尋《たず》ねしたいことがありましてね。アポも取らずに、お待ちしていました」

十津川が、いうと、五人の中の一人が、

「疲れていますので、お話をするのは明日以降にしていただけませんか？」

と、いう。

「そうですか。しかし、そうなると、われわれとしては、皆さんに対する逮捕令状を取らなくてはならなくなります」

と、いって、十津川が、脅《おど》かした。

五人が顔を見合わせた。その中の一人が、怒ったような顔で、

「逮捕令状って何ですか？」

「京都で皆さんの中の、木下功さんが、殺されました。その捜査を、われわれ警視庁と京都府警が合同でやっていましてね。どうしてもお話が聞けないとなると、逮捕令状を請求しなければならなくなるのですよ」

「仕方がありません。それならば、お話をお伺《うかが》いしましょう」

五人が、やっと応じてくれた。

時間が時間なので、ロビーには泊まり客の姿はない。その片隅《かたすみ》にソファを動かして、十津川と亀井の二人、相手は五人、思い思いに座ってから、十津川が、話を進めていくことにした。

十津川が、話を始めようとすると、五人の中の一人、神山明が、

「申し訳ありませんが、ちょっと、トイレに行かせてください」

と、いって、立ち上がった。十津川は、構わずに、

「われわれは、京都府警と合同で、皆さんの中の一人、木下功さんが、京都で殺された事件を追ってきました」

「それはもう聞きました」

「あの事件について、皆さんがどう思っているのか、まず、それをお聞きしたい」

「私たちにしても、途中で会員の一人が殺されるなんて、全く考えてもいませんでしたよ。とにかく自分たちの考えを世間の皆さんに知ってもらいたい。その一心で長崎から京都に行き、東京にも行きました。その京都で突然、木下功が殺されてしまったのです。そこで、もう活動はやめようかとも思いました。しかし、ここまで、来たんだから、やめるわけにもいかない。事件のことは、警察に任せることにして、私たちは、主戦場の長崎に舞い戻ったんです。その後は、討論会の戦いが続いて、殺された木下功については考えが及びませんでした。ただ、その間も警察が犯人を追ってくれているのだろうと思って、楽観していました。何しろ日本の警察は優秀ですからね。そして、九月八日、この長崎で討論会の大詰めを迎えたのです。幸い、私たちが優勝を勝ち取りました。ところが、今、十津川さんに聞いて初めて、警察が木下功を殺した犯人を、まだ逮捕していないことを知りました。大変残念です。ですから、これからも捜査には、全面的に協力しますよ」

と、中島が、いった。

「その前に確認しておきたいのですが、五人の中の殺された木下功さん、それから女性の北村愛さん、このお二人が文科省の職員だったということを聞いたのですが、本当ですか？」

と、十津川が、きいた。

「その通りですが、木下功は、すでに亡くなっています。それから、北村愛のほうは」

と、いって、中島は、彼女に眼をやって、

「たしか文科省に辞表を提出したんだったね？」

「ええ、そうです。こんなに忙しくなってしまったので、東京に戻って文科省の仕事をやることが大変になることが、わかってきました。そこで、電話で辞意を伝え、辞表を郵送してきました。ですから、私は、もう文科省の人間ではありません」

と、北村愛が、いった。

「しかし、京都で、木下功さんが殺される前までは、五人の中に二人、文科省の職員がいたわけですね？」

「たしかに、そういうことになりますが、二人は、年間、二十日の有給休暇を、使っているだけなので、不正をしていたわけではありませんし、それが何か殺人に関係があるのでしょうか？」

「皆さんは、明治維新について独自の考えを持っておられるわけですよね？　それを使って長崎での討論会を、勝ち抜いていった。

しかし、グループの中の二人が文科省の職員だったとすると、文科省の考えとは違った考えを持っている人が、五人の中に二人もいることは問題ではないのかと、私は、思っていたんですよ。聞くところによると、殺された木下功さんは、文科省の考えに、賛成していたが、北村愛さんは、文科省の考えには反対だった。そういう話を聞いたのですが、これも、事実ですか？」

「ええ、たしかに、事実です。しかし、文科省の考えに反対だった北村は、すでに、辞表を提出していますし、逆に、文科省の考えに賛成していた木下は、亡くなっています。ですから、問題は何もないのではありませんか？」

中島の横に座っていた、岩田天明が、いう。

それに対して、十津川は、

「実は、皆さんの素晴らしい活躍を見ながら、皆さんのことを、考えてみたのです。五人の中に、二人も文科省の職員がいても構わないのか、問題はないのかをですよ。考えてみると、私たち刑事も公務員です。ですから、国家と反対の考えを持っていて、それを公表したらどうなるのか？　逆に、国家と同じ考えを持っていたら、仕事はどんなふうになっていくのか、それを、考えてみたのですよ。ここに、北村愛さんがいらっしゃいます。北村さん、あなたは現在の文科省の方針と反対の考えをお持ちだ。しかし、反対ならば、かえって、簡単なのではないか。とにかく反対の考えで仕事をしていて、仕事が、成功したら、辞表を出せばいいわけですからね。となると、問題は、逆に文科省の考えに一致していた木下功さんのほうではなかったのでしょうか？　というのは、われわれ、刑事の場合もそうなんですが、一人だけ捜査方針に、反対の人間がいたとすると、問題になってくるのですよ。どうしても、その一人だけが、別行動を取ってしまいますからね。捜査会議というのがあるのですが、そこで彼が、反対意見をとうとう述《の》べてしまうと、捜査が混乱してしまいます。ですから、そういう刑事は、結局のところ、一匹狼《いっぴきおおかみ》になってしまうか、辞表を出さざるを、得なくなってしまうのです。

逆に一人だけ、本庁の意見に賛成の刑事がいて、その刑事以外の所轄署の人間は全員、本庁の意見には反対で、そんな状況で、捜査が始まってしまうと、かえって、厄介《やっかい》なことになります。一匹狼の後ろには、本庁という、巨大な応援がついていることになりますからね。他の刑事たちは、仕方なく、本庁の意見に賛成せざるを得なくなって、どうしても混乱が、起きてしまうのですよ。皆さんもそうだったのではないかと、私は、考えました。木下功さんは、文科省の意見から離れることが、どうしても、できなくなっていた。しかし、皆さんの行動や考え方を見ていると、どう考えても文科省の考えに反対で、そのことがまた、長崎での討論会でウケた理由になっているのではないか。そうなると、どうしても木下さんが、他の四人にとって邪魔になってきます。仕事の邪魔ですよ。しかし、ただ単に五人の中の一人が反対だからというのでは、彼を排除するわけにはいきません。木下さんの背後には、文科省という大きな組織があるからです。そこで、皆さんはある日、このままでは自分たちの将来が危《あや》うい。だからといって、文科省に屈服するのもイヤだ。だから、密《ひそ》かに木下さんを排除することを考えたのではないか」

「そんなことはない」

「われわれは、殺人とは、何の関係も、ありませんよ。ひどい。どうして、私たちが、木下さんを殺さなくてはいけないんですか？」

「成功したかったからこそ、前もって、木下さんを殺しておいたのではないか、私は、そんなふうに、考えています。それだけ、殺された木下さんは文科省でそれなりの地位を占《し》め、うるさかった。討論会で成功するためには、そのうるさい木下さんが邪魔になってきた。だから、殺したんですね？」

「いや、殺してなんかいない」

「何か証拠でもあるんですか？　あるのなら、見せてください」

と、四人が、口々に、いった。トイレに行った神山明は、まだ戻って来ない。


十津川は、携帯電話を取り出した。

「日下《くさか》刑事か？」

と、十津川が、きいた。

「今どこだ？」

「このホテルの裏口です」

「そこで、あの男を捕まえたか？」

「はい。神山明を逮捕しました」

「彼は、どういっているんだ？」

「予想していたことが起こりそうになってきたので、予定通り、自分一人で逃げることにしたが、まさかホテルの裏口に、刑事さんが張っているとは思わなかった。そんなことをいっています」

と、日下が、いった。

「わかった。逃がすなよ」

と、十津川は、いってから携帯を切り、中島たち四人に、向かい合った。

「今の電話を聞いたでしょう？　トイレに行くといって逃げた神山明が、張っていた私の部下に逮捕されて全てを話しましたよ。あの男は、犯人要員として、皆さんの仲間に加わったのでしょう？　皆さんは、どうしても討論会で優勝したかった。だから、それに邪魔になる文科省職員の木下功を排除した。どんな殺し方をしたのかは、わかりません。しかし、殺してしまったんですよ。そのあと、皆さんは、長崎県の討論会で、見事に優勝したんです。しかし、殺された木下功については、警察の調べが続くだろう。それに対して、どう自分たちを守ったらいいかを考えていたところに、神山明が、仲間に入れてくれといって、近づいてきたんじゃありませんか。そこで、皆さんは、神山明を上手《うま》く利用しようと考えて、仲間に入れたんです。違いますか？」

十津川は、四人の顔を見回した。

「妙《みょう》な勘《かん》ぐりはやめてください」

と、中島が、いった。

「神山君については、こちらの、松本信也君が信頼できる人物だというので、仲間に、入れたんですよ。松本君は、古くからのわれわれの仲間で、寡黙《かもく》だが、探究心が強く、いなくては困る人物です。その松本君が、推薦したので、安心して、仲間に、入ってもらったんですよ」

十津川が、その松本に眼を向けると、確かに、目立たない感じの男が、身体《からだ》を乗り出すよ

うにして、

「神山君のことは、同じ職場にいたんで、気心がわかっているから、安心して、リーダーの中島さんに、推薦したんですよ。それに、ずっと、五人でやってきて、一人欠けてしまったんで、これで、元の五人になるなと思ったこともありますよ。中国では、昔から、偶数より奇数のほうが縁起《えんぎ》がいいといわれていますからね。四人になってしまったのが、五人に戻ってよかったと、みんなで、喜んでいるんですよ」

と、いう。

「寡黙といわれるあなたが、よく喋りますね。東京で、会った時にも、よく、話していましたね。そういえば、松本さん。あなたは、狙われているといって、警察に助けを求めたことが、ありましたね。あれも、捜査を混乱させるつもり、だったんでしょう。理由がめちゃくちゃだったから、意味はなかったし、かえって、皆さんを疑うことになりましたよ」

と、十津川は、笑ってから、

「今、お二人の話は、もっともらしいが、全て、嘘《うそ》ですね。皆さんは、長い、つき合いでしょう？　それに対して、神山明は、皆さんから見れば、まったくの新人で、それが、信用できるというのは、嘘に決まっています。それなのに、仲間に、入れたのは、利害が一致していたからとしか、考えようが、ありません。だから、皆さんは、神山明と、契約したんですよ。どんな契約か、想像がつきますね。このまま、警察の捜査が通りすぎた場合は、神山明に、相応の礼金を払う。しかし、警察が、自分たちを疑い出した時は、神山明が、犯人役で、手掛かりのようなものを残して逃げ出し、警察の注意を引く。遠くに逃げて、警察に、自分は、あのグループに入りたくて、欠員を作ればいいだろうと、木下功を殺したと、自白の手紙を送る。もちろん、その場合も、皆さんは、逃亡するのに充分な礼金を送る契約になっている。違いますか？」

「バカな！」

「われわれが、そんなことをするはずがないだろう！」

「違いますよ！」

「そんなことをして、私たちは、どんなトクがあるんです？」

四人が、一斉《いっせい》に、叫んだ。

十津川が、笑った。

「残念ですが、否定しても駄目ですよ。今、神山明が私の部下に、全てを自白していますから」

編集部注・この作品は、月刊『小説NON』（祥伝社刊）平成三十年二月号から八月号まで連載されたものです。

本作品はフィクションですので、実在の個人・団体、列車などとは一切関係がありません。

十津川警部　長崎 路面電車と坂本龍馬

ノン・ノベル百字書評

キリトリ線

なぜ本書をお買いになりましたか（新聞、雑誌名を記入するか、あるいは○をつけてください）

- □ （　　　　　　　　　　　　）の広告を見て
- □ （　　　　　　　　　　　　）の書評を見て
- □ 知人のすすめで
- □ タイトルに惹かれて
- □ カバーがよかったから
- □ 内容が面白そうだから
- □ 好きな作家だから
- □ 好きな分野の本だから

いつもどんな本を好んで読まれますか（あてはまるものに○をつけてください）

●**小説**　推理　伝奇　アクション　官能　冒険　ユーモア　時代・歴史
恋愛　ホラー　その他（具体的に　　　　　　　　　　）

●**小説以外**　エッセイ　手記　実用書　評伝　ビジネス書　歴史読物
ルポ　その他（具体的に　　　　　　　　　　）

その他この本についてご意見がありましたらお書きください

最近、印象に残った本をお書きください		ノン・ノベルで読みたい作家をお書きください	

1カ月に何冊本を読みますか	冊	1カ月に本代をいくら使いますか	円	よく読む雑誌は何ですか	

住所					
氏名		職業		年齢	

あなたにお願い

この本をお読みになって、どんな感想をお持ちでしょうか。

この「百字書評」とアンケートを私までいただけたらありがたく存じます。個人名を識別できない形で処理したうえで、今後の企画の参考にさせていただくほか、作者に提供することがあります。

あなたの「百字書評」は新聞・雑誌などを通じて紹介させていただくことがあります。その場合はお礼として、特製図書カードを差しあげます。

前ページの原稿用紙（コピーしたものでも構いません）に書評をお書きのうえ、このページを切り取り、左記へお送りください。祥伝社ホームページからも書き込めます。

〒一〇一―八七〇一
東京都千代田区神田神保町三―三
祥伝社
NON NOVEL編集長　日浦晶仁
☎〇三（三二六五）二〇八〇
http://www.shodensha.co.jp/bookreview/

NON NOVEL

「ノン・ノベル」創刊にあたって

「ノン・ブック」が生まれてから二年一カ月、ここに姉妹シリーズ「ノン・ノベル」を世に問います。

「ノン・ブック」は既成の価値に〝否定《ノン》〟を発し、人間の明日をささえる新しい喜びを模索するノンフィクションのシリーズです。

「ノン・ノベル」もまた、小説《フィクション》を通して、新しい価値を探っていきたい。小説の〝おもしろさ〟とは、世の動きにつれてつねに変化し、新しく発見されてゆくものだと思います。

わが「ノン・ノベル」は、この新しい〝おもしろさ〟発見の営みに全力を傾けます。ぜひ、あなたのご感想、ご批判をお寄せください。

昭和四十八年一月十五日

NON・NOVEL編集部

NON・NOVEL—1041

長編推理小説　十津川《とつがわ》警部《けいぶ》　長崎《ながさき》　路面電車《ろめんでんしや》と坂本《さかもと》　龍馬《りようま》

平成30年9月20日　初版第1刷発行

著者　西《にし》村《むら》京《きよう》太《た》郎《ろう》
発行者　辻　浩明
発行所　祥《しよう》伝《でん》社《しや》
〒101-8701
東京都千代田区神田神保町 3-3
☎03(3265)2081(販売部)
☎03(3265)2080(編集部)
☎03(3265)3622(業務部)
印刷　堀内印刷
製本　ナショナル製本

ISBN978-4-396-21041-0 C0293　Printed in Japan

祥伝社のホームページ・http://www.shodensha.co.jp/

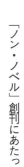

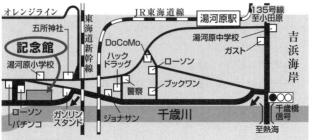

西村京太郎ファンクラブのお知らせ

会員特典（年会費2200円）

◆オリジナル会員証の発行
◆西村京太郎記念館の入場料半額
◆年2回の会報誌の発行（4月・10月発行、情報満載です）
◆抽選・各種イベントへの参加（先生との楽しい企画考案中です）
◆新刊・記念館展示物変更等のハガキでのお知らせ（不定期）
◆他、追加予定!!

入会のご案内

■郵便局に備え付けの郵便振替払込金受領証にて、記入方法を参考にして年会費2200円を振込んで下さい　■受領証は保管して下さい　■会員の登録には振込みから約1ヶ月ほどかかります　■特典等の発送は会員登録完了後になります

［記入方法］**1枚目**は下記のとおりに口座番号、金額、加入者名を記入し、そして、払込人住所氏名欄に、ご自分の住所・氏名・電話番号を記入して下さい

郵便振替払込金受領証　窓口払込専用

口座番号	金額	加入者名	料金	特殊取扱
00230-8-17343	2200	西村京太郎事務局	（消費税込み）	

2枚目は払込取扱票の通信欄に下記のように記入して下さい

通信欄
(1) 氏名（フリガナ）
(2) 郵便番号（7ケタ）※必ず7桁でご記入下さい
(3) 住所（フリガナ）※必ず都道府県名からご記入下さい
(4) 生年月日（19××年××月××日）
(5) 年齢　(6) 性別　(7) 電話番号

※なお、申し込みは、郵便振替払込金受領証のみとします。
メール・電話での受付は一切致しません。

■お問い合わせ（西村京太郎記念館事務局）
TEL 0465-63-1599

最新刊シリーズ

ノン・ノベル

長編推理小説
十津川警部 長崎 路面電車と坂本龍馬　西村京太郎
死を呼ぶ歴史論争。十津川がたどり着いた、明治150年の決着とは？

四六判

長編小説
僕は金《きん》になる　桂　望実
特別な人生に憧れていたんだ。普通なぼくとおかしな家族の四十年

長編ミステリー
ドアを開けたら　大崎　梢
ご近所さんの遺体が部屋から消失⁉ 中年男と高校生のコンビが謎を解く

好評既刊シリーズ

四六判

短編集
君に言えなかったこと　こざわたまこ
元恋人へ、親友へ、母へ——。伝えられなかった気持ちを描く六編。

連作ミステリー
矢上教授の「十二支考」　森谷明子
干支にちなむ神々に守られた街に、なぜ「丑」の神社だけがないのか？

長編ミステリー
ミダスの河 名探偵・浅見光彦 vs. 天才・天地龍之介　柄刀　一
奇跡の名コンビ、誕生⁉　二人の名探偵は山梨の名家の謎に迫る！

長編サスペンス
ISOROKU 異聞・真珠湾攻撃　柴田哲孝
ルーズベルトさえ一目置いた山本五十六。彼の日米開戦の青写真とは？

長編時代小説
地に滾る　あさのあつこ
天羽藩上士の子・伊吹藤士郎は脱藩し江戸へ。自らの目で何を見たのか？

長編SF
LABS 先端科学研究所へようこそ　機本伸司
脳内を機械で可視化することはできるのか？　衝撃のSFサスペンス！